NUNCA HOUVE TANTO FIM COMO AGORA

EVANDRO AFFONSO FERREIRA

NUNCA HOUVE TANTO FIM COMO AGORA

1ª edição

Editora Record
RIO DE JANEIRO • SÃO PAULO
2017

CIP-BRASIL. CATALOGAÇÃO NA PUBLICAÇÃO
SINDICATO NACIONAL DOS EDITORES DE LIVROS, RJ

Ferreira, Evandro Affonso
F44n   Nunca houve tanto fim como agora / Evandro Affonso
Ferreira. – 1ª ed. – Rio de Janeiro: Record, 2017.

    ISBN: 978-85-01-11058-9

    1. Romance brasileiro. I. Título.

                        CDD: 869.93
17-40483   CDU: 821.134.3(81)-3

Copyright © Evandro Affonso Ferreira, 2017

Todos os direitos reservados. Proibida a reprodução, armazenamento
ou transmissão de partes deste livro, através de quaisquer meios, sem
prévia autorização por escrito.

Texto revisado segundo o novo Acordo Ortográfico da Língua Portuguesa.

Direitos exclusivos desta edição reservados pela
EDITORA RECORD LTDA.
Rua Argentina, 171 – Rio de Janeiro, RJ – 20921-380 – Tel.: (21) 2585-2000.

Impresso no Brasil

ISBN 978-85-01-11058-9

Seja um leitor preferencial Record.
Cadastre-se em www.record.com.br e receba
informações sobre nossos lançamentos e nossas promoções.

Atendimento e venda direta ao leitor:
mdireto@record.com.br ou (21) 2585-2002.

EDITORA AFILIADA

Aquilo que era eu já agonizou, mas este morto,
incessante, ainda me repete.

Juliano Garcia Pessanha

Obrigado, amiga Lara de Malimpensa,
pelo gesto de generosidade revisando/melhorando
originais deste livro.

Para Mariah

*Eurídice nos surpreendeu certa manhã com foto sépia de homem de aparência septuagenária. Havia algo de misterioso naquele retrato. *É meu pai* — disse, com jeito matreiro, sorriso dúbio, olhar astucioso, fala oblíqua. Compusemos fingimentos para dar colorido à sua trampolinice fotográfica. *Morreu dois meses depois que eu nasci* — confidenciou. *Agora, mocinha, quase nada me restou dele; sobrancelhas, sim, vejam: parecidíssimas.* Foi difícil conter nossos ímpetos gargalhantes. Mas sabíamos que alguma metáfora havia de existir por trás daquela foto, alguma significação velada qualquer — partindo de Eurídice, que não vivia sob a guarida de preceitos rituais de mundo nenhum, nem mesmo os do submundo em que vivíamos. Inegável sua aptidão para o anômalo. Afastava-se da rota trilhada, da trilha comum, amparando-se na originalidade; seus abismos eram personalizados; mesmo suas inquietudes tinham topografias mais elaboradas, becos com cascalhos de fina lapidagem; era nítida sua aversão aos pleonasmos da existência. Lembro-me de que sua patranhice fotográfica durou quinze minutos, se tanto, e então confessou: *Fui lá no cemitério central e roubei esta foto que estava num túmulo luxuoso — acordei com vontade de ter um pai morto de verdade.*

*Já havíamos nascido desprovidos do olhar do outro — infância despovoada, repleta de sortilégios malditos. Jeito era esgueirar-se entre os próprios escombros, lançar mão de cataplasma torpente cujo nome é alucinógeno, o ungidor de derrocadas. Infância apócrifa, igualmente fúnebre, transbordante de mortes deles, mondrongos, feito eu.

*Sobrevivi, apesar dos sobressaltos da belicosidade dos dias, apesar dos anos moribundos: dos doze aos vinte e dois anos de idade, década fedentinosa, carreguei tempo todo a tiracolo carniça dos que iam ficando para trás, exigindo reposição incontinenti para que farandolagem não perdesse formação quíntupla — sempre cinco fulustrecos infantes. Proteções recíprocas: não raro com olhares enviesados, abraços tímidos, gestos mínimos, inacabados, carinhos desajeitosos sem ornatos. Solidariedade de desvalidos carece de retóricas. Sei que nosso quinteto ominoso evitava excesso de mesuras mútuas, para não desgastar carapaça protetora de perdas iminentes — possibilidade nenhuma de sermos infectados pelo vírus do lirismo. União de circunstância; conchavos providenciais; ressaibos gravitavam em torno de todos — lei natural imposta pelos moradores desta comunidade nômade cujo nome é Relento. Todos filhos dos

Deuses da Incompletude Precoce, quase todos mortos sem conhecer exuberância dos pelos púbicos. Cada qual carregava consigo em plena meninice catálogo atafulhado de desarranjos.

*Vida mondronga daquela natureza me fazia considerar possível que farândola toda houvesse nascido do incesto. Existência na qual a natureza dispensa maturação: nossos caminhos, equívocos, eram descendentes. Desavisados pensavam que nós, chusma de nômades rebeldes, éramos livres. Ignoravam que a sociedade nos arrastava tempo todo com corda invisível para cova que ela mesma cavava para nós, ervas daninhas naquela próspera seara mercantil. Desconfio que éramos ácaros topográficos, seres não recenseados.

*Diversão nossa vez em quando? Sentar na calçada de avenida movimentada para imaginar vida deles, executivos engravatados. Mulheres de elegância igualmente executiva — eles teciam juntos (uns nos outros) os fios de suas sublimes vidas, numa infalível demiurgia. Aqueles corpos exuberantes eram verdadeira morada da plenitude: estávamos diante da quintessência da exuberância monetária. Comentário burlesco de Eurídice — *Soberba inútil: todos de prática mínima na horizontalidade.* Seja como for, nunca fui capaz de decifrar psicologia pessoal dela, minha, digamos, confrade — tivesse chance ela seria Dorothy Parker dos trópicos. Dois anos depois, no leito de morte, Eurídice profetizou: *Você está condenado a melhorar de vida* — rogação de praga feminina. Morte chegou abreviando nossa gargalhada. Sei que ela morreu sem entender biologia do desprezo.

*Farândola toda? Seres dantescos, sombras mutiladas: todo *onde*, na cidade, era Inferno.

*Não era por obra do acaso que vivíamos dos restolhos da cidade: nós mesmos éramos restos, vísceras dilaceradas da paisagem, borradores de projetos topográficos, textos ininteligíveis que ninguém se preocupava em decodificar, garatujas, rabiscos psicografados pela própria sociedade. Ismênio, menino ainda, treze anos, num gesto de generosidade santa, facilitou tudo para paisagistas de plantão rolando bruscamente (à semelhança de barril de madeira) para debaixo de caminhão que descambava a ladeira em velocidade incontrolável. Extinto Ismênio uma vez argumentou: *Quem colocou gente como nós no mundo não sabe economizar — gasta vida à toa.* Lembro-me de que foi mais difícil, daquela vez, encontrar peça de reposição para nosso Quinteto dos Desguarnecidos. Eurídice guardou luto em silêncio: três dias seguidos em mudez monástica.

*Ranhos, remelas? Jorravam quando o irremediável perfurava Relento, alheio a nossas reiteradas aspirâncias, a nossos praguejares viscosos, escorregadios, obscenos. Ah, aqueles orvalhos insalubres, impiedosos, desacolhedores de nossas plangências invernais. Ficávamos curvados diante da arrogância atmosférica do Relento, que praticava tempo todo funambulismo, traquinice mórbida. Cavava aos poucos nossas covas rasas. O infatigável, desmesurado Relento, aquele que, com sua umidade (por que não dizer?) póstuma, puía nossas noites ainda mais.

*Nós do quinteto suportávamos pestilência uns dos outros. Nada exala tanto mau cheiro como os próprios destroços — difícil decifrar flibusterias do destino. Tolerância olfativa mútua era nosso báculo. Refletindo agora, tantas décadas depois, desconfio que um não sentia fetidez do outro: espectros não são fedentinosos. Ilusão: já estávamos moldados naquela crista ferruginosa — jeito que natureza possivelmente encontrou para nos blindar das variantes meteorológicas, móbiles das intempéries. Aridez, aspereza no corpo para enfrentar corpus do Relento.

Desconfio que nossa fedentina desorganizava acasos, repelia afeiçoamentos. Anatomia do abandono é malcheirosa.

*Eurídice disse-me certa vez, sob efeito de droga qualquer, não me lembro: *Sou ácaro que sonha ser Ícaro.*

*Destino nos unia, apesar de o quinteto sofrer baixas numa intermitência mórbida e ter reposições simultâneas. Meses passavam, consolidando nossa farrapagem. Todos (cidade inteira) nos olhavam com olhar antisséptico. Apenas nós, os cinco, amontoados sob noites frias, ouvíamos prantos uns dos outros — plangências impúberes. Apenas nós, os cinco, percebíamos similitude deles, nossos lamentos. Cada membro da farandolagem, ao morrer, ratificava meu argumento segundo o qual a rua era nosso cadafalso — morríamos um pouquinho a cada instante. Quando pensávamos neles, nossos dias pretéritos, praticávamos exumações. Quinteto dotado de substância única: blindagem através de códigos internos, remoques, zombarias privativas contra olhares repulsivos, nauseantes. Ironizávamos, entre nós, estrutura física daquele que nos desdenhava: corpo humano modo geral motiva chacotas. Distração era achincalhar anatomias alheias, ou imaginar, de acordo com região glútea de cada um, intensidade de som de suas respectivas flatulências.

*Dia seguinte... Ele, dia seguinte, ia ficando cada vez mais inalcançável para nós, farândola toda.

*Pertencíamos à Irmandade dos Desvalidos. Noites friorentas dormíamos amontoados uns nos outros, meu corpo aconchegado muitas vezes no corpo dela, Eurídice. Ereção inevitável, incestuosa. Minha culpa era maior que a dela, cuja sensualidade e cujo desprendimento derrubavam incontinenti barreiras éticas. Quinteto de supremacia feminista: Eurídice possuía a todos nós, em todos os sentidos. Inteligência, vivacidade, valentia compunham seu mosaico de espontânea liderança: Diadorim sem ambiguidades, sem jogos ocultos — fêmea de fio a pavio. Miséria, abandono, descaso, nada ofuscava ênfase de sua personalidade de inegável altiveza in natura. Mantinha prudente equilíbrio entre feminilidade e ascendência implacável: exigia que tudo fosse dividido de modo equânime entre todos, principalmente perdas e dores e lamentos. Miserabiles personae e suas éticas metafísicas, metafóricas. Éramos nossas próprias carpideiras, nossos próprios Prometeus: roubávamos fogo para nós mesmos. Sei que altivez de Eurídice — sempre acompanhada de seu olhar galhofeiro — suplantava sem muito esforço nossa virilidade incipiente.

*Quando morávamos na rua, adiantava nada tentarmos nos precaver contra vicissitudes de toda natureza. Perspectivas favoráveis emperravam a todo instante — espaço nenhum, hora nenhuma para apaziguamentos. *Sobreviver, se possível*, eis nossa divisa. Vícios eram circunstanciais: delirium tremens nascia do descaso, do abandono absoluto — o próprio Relento era a geografia do delírio. Abatiam-nos os olhos predadores dos transeuntes: conhecíamos *oratória filípica* daqueles olhares. Possibilidade também era mínima de costurar reencontros com familiares que viviam igualmente sob escombros. Vida sem ambiguidades: fadada à devastação. Desesperança? Nosso evangelho. Relento lúgubre: pedaço de céu que víamos debaixo do viaduto estava mais distante, mais escuro para nosso quinteto. Uma noite, Ismênio, olhando para edifício de apartamentos todo iluminado, perguntou: *Quantos colos de mãe será que tem naquele prédio gigantesco ali?*

*Desventura, adversidade nos impingiam o inóspito.

*Nossos dias? Teodiceia às avessas. Éramos vítimas do abandono épico profundamente entranhado no cerne de nossas malditas vidas,

cuja pluralidade de intempéries, de doloro-
sas provocações, ocuparia penca de verbetes
enciclopédicos. A falta de afago é disestésica.
Impossível não nos comovermos com pesadelos recorrentes dele, Ismênio — ouvíamos
seus apelos tentando rechaçar violência sexual
do progenitor: *Dói, pai, dói muito, chega —
não aguento mais.* Eurídice soubesse morada
daquele esconso de miolo azoinado, cortaria
num átimo teia da vida dele. Impossível atestar
veracidade da história de Ismênio, segundo a
qual sua mãe o vingou, pagando pelo crime
num presídio distante, noutro Estado. Devia
ser verdade: possivelmente ele nunca havia tomado conhecimento daquelas figuras trágicas
do palco helênico.

Depois de certo tempo vivendo na rua cria-se
intimidade com destroços de toda natureza,
cuja assepsia era abstraimento forçado, providencial. Deuses dos despedaçamentos saquea-
ram possibilidades da completude. Nossos
desmantelos eram irrubricáveis: ninguém
entendia nosso costumeiro rastejar vermi-

forme. Vida farândola? Coisa intermediária entre dor e desfalecimento. Jeito? Refugiar-se na solidariedade daquela microcomunidade quíntupla: todos se aferravam uns nos outros — contrários cooperantes, diria aquele pré-socrático. Era suicídio desvencilharmo-nos de nossa reduzida, porém cartilaginosa, farandolagem.

*Casa abandonada qualquer, abolorecida, úmida, hospedeira também de roedores e insetos vários transformou-se de repente em nossa diocese profana, sim, eclesial, no sentido de ajuntamento — ainda que vivêssemos precisando tempo todo de acontecimentos inexplicáveis pelas leis naturais. Sim, carecíamos sempre de participação divina em nossas vidas — de realizadores de milagres. Éramos nós a real visão apavorante, éramos nós os que aterrorizávamos os legítimos fantasmas daquele casarão que exalava odor desagradável de degenerescência. E, diferentemente de nós, em tempos remotos o casarão fora revestido de pompas. Ismênio, dominado pelo medo das coisas palpáveis, inquietava-se com os esvoejares súbitos dos morcegos. Pretexto para chacotas da farândola toda — jeito jocoso de desconcertar platitudes noturnas. Sei que Ismênio se expandia no vício, drogava-se ainda mais para provocar desânimo ao próprio medo — alucinógeno santificador fazendo quem sabe justiça eclesiástica àquela diocese profana. Eu? Meus temores eram irracionais, mas ocultos, secretos, sigilosos: apavorava-me com o próprio ambiente assombradiço do casarão, sim, suava frio, às escondidas, sobretudo longe dela, Eurídice. Guardava as aparências. Nunca soube quantos mortos havia ali, além de nós.

*Ranhos, remelas? Sagração do Relento. Ele, Relento? Rabugice atmosférica. Inútil tentar impedir a impulsividade de seus tentáculos vaporosos, seus domínios insondáveis. Relento, inextinguível Relento... Sempre impassível diante dos nossos ruídos, do nosso coral-aquoso-nasal. Contraponto? Acessos de tosse — alternados.

Ranhos, tosses, remelas? *Teaser* da morte. Sim, éramos tão jovens, mas já vivíamos submissos à tarefa infatigável das Moiras.

*Eurídice às vezes me dizia em noites insones: *Vem, encosta seu corpo no meu enquanto isso é possível: amanhã, quem sabe, não teremos nem isso para oferecer um pro outro.* Henri Michaux diria que fazíamos amor no cadafalso.

*Não havia lisura dos deuses do desamparo quando regulavam marcha de nosso destino: não sabiam manejar seus bisturis. Abandono nos tornava esquecidos de nós mesmos. Indiferentismo dos outros era dialeto indecifrável. Não há discernimento, lucidez completa, equilíbrio de espírito em qualquer mundo onde exista (principalmente) criança entregue à própria sorte, sem escolha, sem destino, vendo a bem-aventurança apenas pelo buraco da fechadura. Na meninice, escorralho, já desconfiava que havia incompletude nisso tudo — incompletude filantrópica, para dizer o mínimo. Desdém generalizado é aniquilamento implacável. De qualquer jeito nos divertíamos quando Eurídice, remelenta, mas de inteligência ingênita, olhava para transeuntes enfatuados e, cínica, sussurrava: *Viram? Somos um pouquinho mais civilizados: eles nem sequer respondem ao nosso bom-dia.* Humor arrefecia atordoamentos. Até mesmo sob escombros, Eurídice não abria mão de seus impulsos lúdicos. Vivíamos tempo todo enrodilhados em maus lençóis, sobre andaimes achavascados. Seja como for, infância toda ao Relento. Abreviávamos nossa natural degenerescência.

*Diversão? Ver transeuntes pudicos virando rosto num átimo para não fixar olhar nela, Eurídice, quinze, dezesseis anos, se tanto, sentada no meio-fio, pernas escanchadas, limpando próprias partes nas águas da enxurrada. Independentemente de nós, cafumangos, sempre houve bizarria mundo afora.

*Nós? Lodos de olhos remelentos; lamas autômatas de pés descalços, aspecto ferruginoso; moluscos de cabelos mondrongos, dentes cabungos, apodrecidos; bolores que tossem noite toda: pulmões escamurrengados; ervas daninhas de corpos esquálidos, desnudos, fétidos; restolhos de gemidos lancinantes.

*Ismênio repetia ad nauseam a palavra obsoleto. Nunca soube em que circunstância ouviu pela primeira vez tal adjetivo. *Meu pai bebia muito porque era obsoleto.* Ou: *Sanduíche que velhinho caridoso me deu hoje cedo estava obsoleto demais.* Ou: *Moça que passou agora tem olhos obsoletos.* Ou: *Meu Deus! Frio hoje está muito muito obsoleto mesmo.* Ou: *Preocupa, não, Eurídice: se alguém bater em você enfio este meu canivete obsoleto na barriga dele.* Soubesse endereço de cova rasa onde foi enterrado, escreveria este epitáfio: AQUI JAZ CRIANÇA MARAVILHOSAMENTE OBSOLETA.

*Sonho dela, Eurídice, era tatuar no braço esta frase em latim: Noli me tangere. Quando Ismênio perguntou se aquilo era língua de outro planeta, ela explicou que uma vez vira tais palavras na coxa esquerda de assistente social e se encarregara ela mesma de tradução imediata: *Não me toques*. Argumento sofístico dele, menino Ismênio: *Ah, sei, você quer escrever isso numa língua que ninguém entende para justamente ser tocada.*

*Desconfio que Teologia e Filosofia e Sociologia e Psicanálise ainda não dissecaram, não entraram fundo, nas entranhas, no subsolo do abandono; ainda não foram observados em laboratório o ranho e a remela e a palidez e a tosse e o ronco e as fezes e a tuberculose e a crosta e a ferrugem e as lágrimas do abandono. Ainda não foi escrita a, digamos, suma teológica do Relento. É preciso decifrar hieróglifos do Descaso. Certeza? Olhares desdenhosos não estilhaçam carência.

*Naqueles tempos umbrosos era impossível prescindir da desconfiança. Rua nos dava prerrogativa do ceticismo — esquivávamos promessas oportunistas. Não éramos vistos por ninguém; também não víamos, por assim dizer, a nós mesmos. Abandono amplia invisibilidades. Quem vive muitos anos ao Relento aprende truques para exercitar esquivança. Nós nos movíamos, nos esgueirávamos ao redor da própria descrença. Sempre soubemos blindar-nos do olhar do outro — um olhar em que havia vaticínio implícito: *Vocês são um equívoco.* Ismênio, o mais sensível, muitas vezes não conseguia disfarçar seu estilhaçamento interior: menino de lacrimejamentos espontâneos, lágrimas que atraíam ato contínuo afago de Eurídice. Resto da farândola lançava mão de reprimendas. Seja como for, quinteto vivia enrodilhado no desprezo; mas desavenças, chacotas, reprovações íntimas, nada desunia aquele exército de brancaleones mirins: solidariedade era nossa trincheira, necessidade movendo-se a si mesma, contrato velado de proteções mútuas. Éramos movidos pelo feitiço da sobrevivência. Éramos, na verdade, fosse qual fosse o prisma, náufragos do asfalto. Tempestade, sereno, friagem — substantivos estes naufragosos para nosso quinteto.

Éramos mais que desvalidos, éramos destroços. Cidade obtusa aquela, que nunca entendeu, nunca quis nos acudir das eternas e insistentes e inquietantes situações meteorológicas adversas ao estatuto do Relento, cujo primeiro capítulo implora, inútil, o aconchego. Nesses dez anos em que vivi na rua, enterramos pelo menos onze pobres-diabos mirins vítimas de estropiamentos nos pulmões — nunca consegui decifrar enigma assustador daquela pavorosa palidez infantil, daquele corpo esquelético talhado por fulminantes doenças pulmonares. Ruínas infantes, fantasmas menineiros, assim éramos nós daquele quinteto de formação instável, com substituições alternadas — por motivos vários.

*Ranhos, remelas? Litanias às avessas de um Relento que transpunha a fronteira do bom senso, se desdobrava em malvadezas, impondo a reiteração de secreções e mucosidades. Insuportáveis a reincidência, a perpetuidade, a lascívia-aquosa dele, Relento. Vivíamos enredados nas raízes de suas tramas líquidas. Nós, farândola toda, éramos, por assim dizer, seus apaniguados. Sim, nosso abandono pertencia ao domínio do absurdo. Swedenborg possivelmente decodificaria a mística do Relento, do ranho, da remela.

*Ainda não inventaram bandagens para feridas do descaso. Eurídice, sem abrir mão de sua ironia, gostava de dormir abraçada comigo, sussurrando: *Refugo, meu querido refugo*. Noutras ocasiões cantarolava trecho de música do cancioneiro popular: *Mas levar esta vida que eu levo, é melhor morrer*. Nesses momentos, quando eu beijava, carinhoso, sua testa, Eurídice me repreendia, severa: *Ei, você não é meu pai, beija minha boca, idiotinha*. Hoje, tantos anos depois, acredito que cidade seria menos hipócrita se erguesse em cada quarteirão um obelisco do descaso, um totem com entalhes assustadores que assombrasse de vez possíveis solidariedades, consolidando sem dissimulação o triunfo do desprezo. Para quase todos nós chance foi sempre mínima de vermos as tais auroras que não brilharam ainda de que nos falou o Rig Veda. Todas as auroras seriam tardias para nós.

*Cena comovedora aquela para quase todos nós: Ismênio, últimos meses de vida, palidez assustadora, fedentina insuportável, esmolando num ponto de ônibus atafulhado de gente que se esgueirava quando ele chegava perto. Muitos não conseguiam disfarçar repulsa — tapavam nariz. De repente, surge moça bonita, cheirosa, elegante; Ismênio abre os braços, implorando: *Um abraço, um abraço obsoleto, por favor, faz tempo, mais de um ano que não ganho de ninguém um abraço obsoleto.* Comovida, moça ato contínuo joga sacola e bolsa no chão e abraça-o durante mais ou menos trinta segundos. Povaréu todo, inclusive nós, que estávamos a poucos metros de distância, nos emocionamos — menos Eurídice, que comentou: *Moça bonita, sim, elegante, sim, cheirosa, sim... Mas muito carente também.*

*Década úmida, sequiosa de afetos. Vivi dez anos sob regência de rima recorrente de péssimo gosto: trancos barrancos. Éramos fungos sob marquises, toldos, viadutos e a cidade inteira nos lançava seu olhar igualmente abolorecido. Desconfio que Ismênio, mais perspicaz, percebeu com nitidez nossa impertinência e preferiu jogar-se debaixo de caminhão que vinha ladeira abaixo — viver daquele jeito era atitude descabida, despropositada. Ismênio? Ao menos na morte alcançou contundência — sim: contundência obsoleta, diria ele mesmo. Antecipou, não se deixou engazopar indefinidamente pelo destino.

*Relento? Nefando, sinistro. Apenas nós, farândola toda, sentíamos seu odor de flor-fatal. Som? Ininteligível. Bulício das Parcas, talvez. Relento? Infanticida de semblante enganosamente bucólico, lírico, mas alheio, indiferente aos nossos estupores. Abandono, Relento, fazedores de fantasmas mirins que atrofiavam nosso riso, o riso da infância. Relento opulento em ranhos e remelas. Às vezes ouvíamos o Relento, à semelhança dos moradores da cidade, dizendo-nos ele também: *Equívoco, vocês são um equívoco.*

*Eurídice havia passado por nós, corpo estremecente, mãos para trás, algemadas: roubo em supermercado. Percurso de três, quatro quadras, nós, restante da farândola, em procissão improvisada de solidariedade, ouvíamos Eurídice entoar trajeto todo sua ladainha: *Nossos caminhos são sinuosos, nossos caminhos são sinuosos.* Ismênio, sem entender tais sinuosidades, complementava: *sinuosos e obsoletos.* Depois de quinze minutos de reprimendas oficiais moderadas (nem todos exorbitam no uso da truculência), Eurídice reaparece, saltitante, para recompor quinteto dos desvalidos. Depois, todos nós sentados na calçada, tirou de dentro de saquinho de papel úmido azeitonas enormes, com indisfarçável cheiro pubiano, e as distribuiu de maneira equânime. Tínhamos, sim, nossos instantes de apaziguamentos, de hilaridade também. Ao sentir o cheiro, digamos, estrangeiro nos frutos da oliveira, observei: *Vocês, não sei, mas percebo certa sensualidade nestas azeitonas.* Maioria ignorou observação: todos subservientes à soberania incontestável da fome.

*Para os menores abandonados na rua, velhice é algo inimaginável que fica possivelmente instalada depois das Colunas de Hércules — inalcançável. Menor abandonado nasce carunchoso, cresce fruto mirrado, é fatalmente engolido pelos vorazes homens-gafanhotos-metropolitanos ou varrido pelos sopros pestilentos do desprezo. Éramos caligrafia garranchosa, ulcerada, de nenhuma decifração.

*Ismênio, poeta pela própria natureza, aproximou-se de moça cega sentada num banco de praça, com cão amestrado descansando aos seus pés, propondo: *Ei, moça bonita, se quiser posso ser seu cachorro-guia pro resto da vida.* Ela sorriu, agradeceu, apontando para seu fiel escudeiro canino.

*Ranhos, remelas? Intrínsecos ao Relento e ao descaso e ao abandono e à indiferença também. À noite, às vezes, cada qual no seu canto. Era aí que desalento alcançava seu zênite, sua culminância, sua completude — quando ranhos, remelas se juntavam, solidários, às lágrimas tão nossas: acaso enredando farândola toda nos profusos umedecimentos faciais.

*Ah, Eurídice, Eurídice e seu humor assíduo. Personalidade própria também assídua. Fosse pião, não atenderia a todo instante impulso da fieira; fosse coelho, raramente sairia da cartola do mágico; belicismo igualmente assíduo: fosse espada, sairia precipitante da bainha adiantando vontade do espadachim. Contraditória, muitas vezes surpreendia o próprio coração antecipando afetos. Quase sempre andava pelas ruas da cidade numa altiveza invejável; por vezes, escarranchada, exagerava na rameirice dele, seu caminhar. De um jeito ou de outro, a despeito da pestilência corporal, havia nela sensualidade espontânea, gingado lúdico; quando exagerava no álcool, havia erotismo até neles, seus cambaleios — menina-mulher de corpo inflamável. Em noites frias éramos sempre edredons um do outro — e muitas vezes acordei exaurido pelas labaredas incontidas da esfuziante Eurídice. Gemidos eram tantos que (além de aumentar fervura dos nossos ventres) sobrava um pouquinho para incitar o onanismo de Ismênio. Noites frias obscenamente belas — apesar daquelas chagas todas que éramos todos nós.

*Não há punhal flambado capaz de remover a umidade da noite, cujo nome é Relento.

*Cidade? Esquartejadora da nossa esperança: éramos todos forasteiros no próprio lugar em que havíamos nascido. Metrópole fraternalmente oca — pudesse se desvencilharia de vez da farandolagem triturando-nos naqueles caminhões basculantes de lixo. Estética do quinteto sempre consistiu em molambar com certa altivez: um sendo guardião do outro para amortecer inevitáveis sucumbimentos, para diminuir, dentro do possível, esmorecimentos ininterruptos. Combatíamos aqueles esquartejamentos simbólicos com nossa litania, cujo nome era solidariedade quíntupla — éramos fraternos uns com os outros para zombar da cidade que zombava de nós — eis a sagacidade dos desvalidos, a síntese da sobrevivência. Ismênio costumava me dizer que se sentia desprotegido quando minhas mãos estavam a muitas quadras de distância das mãos dele. Sim, éramos adeptos da doutrina do afeto. Dentro de toda aquela podridão sobrevivia a beatitude do afago. Afetos mútuos, singulares, para suprir afetividades plurais, coletivas. Cidade toda? Agrupamento de descasos.

*O tempo passava dando forma e consistência à derrocada fatal: vivendo na rua, poucos conseguiam escabrear-se do desfecho trágico, pre-coce — existência curta, toda ela atafulhada de estremecimentos. Poucas horas antes de Ismênio se jogar debaixo daquele caminhão, ainda sob efeito da cola que havia cheirado, disse-me, engrolando a língua: *Você foi meu irmão, meu pai, meu melhor amigo — poderia também ter sido meu amante*. Não consegui disfarçar perplexidez: durante toda a nossa convivência, Ismênio havia se mostrado hétero convicto (lan-çando mão de argumentos contundentes) — ao contrário de Eurídice, que, com o tempo, foi diversificando o rumo de seus próprios desejos. As rodas daquele caminhão destruíram Ismênio inteiro, mesmo suas incompletudes.

*Rádio portátil, escamurrengado — amuleto, companheiro inseparável de Ismênio. Encon-trado numa lixeira. Senhor generoso da banca de jornal deu as pilhas. Noites frias, insones: eu, aconchegado no corpo de Eurídice; ele, Ismênio, noutro canto, noutro mundo, escondido naquela gruta receptora de sons radiofônicos, tentando em vão ser acalentado por sonos fugidios. Começamos a nos acostumar com a cantoria baixinha de Ismênio formando coro com a música original. Hoje, muitas décadas depois, recorrendo à memória, vendo farândola toda dentro daquela moldura lunar, descubro que vivíamos noite de acanhada poesia, que nossa miséria se tornava bramânica: Deus qualquer nos cobria com colcha de linho invisível — noites de delírios teológicos. Fogo estalejava intermitente numa pequena improvisada fogueira. Frio, madrugada silenciosa, som ismênico nos acalentava, nos contemplava com misericórdia utópica, vinda sabe-se lá de qual das inumeráveis estrelas — Antares talvez? Naqueles momentos nossas vidas pareciam casas pequenas, sem reboco, sim, mas aconchegantes: onde há serenata ali mora o amor.

*Ferida de difícil cicatrização: Eurídice havia sumido durante dois dias, duas noites. Voltando, disse, sem rodeios: *Fui experimentar outras fuligens, dormi com mendigo quarentão que fica* *naquela praça em que vi você pela primeira vez.* Pensei num átimo em matar rival — fúria logo contida pelo abraço sincero prolongado dela, que sussurrou no meu ouvido: *Sua fedentina é mais excitante, apesar... Sim, seu instrumento aí embaixo é menos exuberante.* Eurídice era pássaro de avoamentos autônomos; não havia diques capazes de conter seus rompantes luxuriosos; nós, homens, havíamos sido feitos para esperá--la aflitos — apenas ela dava significação precisa às chegadas; sabia destroçar nossas pretensas, enfatuadas virilidades; viera ao mundo para nos mostrar real palidez masculina; Eurídice, a marionetista? Fogo que só a morte extinguiu: vivesse cem anos viveria século inteiro incólume à menopausa.

*Ismênio e eu muitas vezes ficávamos horas na porta do cemitério central esperando chegada de cortejo fúnebre — morbidez juvenil: gostávamos de acompanhar todo o cerimonial do enterro, ver, eleger amigos, parentes que se mostravam mais reservados ou mais histéricos, ou aquele cujo semblante configurava silêncio de real assombramento. Gostávamos de participar daqueles procedimentos sepulcrais — ambiente exalando cipreste. Desconfio que íamos possivelmente para saber que existiam pessoas mais mortas do que nós — enterradas lato sensu. Sei (por maior que seja a discrepância) que sempre saíamos daqueles sepultamentos impregnados de amanhãs.

*Briga violenta entre Ismênio e outro garoto terminou com destruição do rádio de pilha portátil — aparelho aquele móbil das serenatas de nossas efêmeras noites idílicas. Expulsamos do quinteto o causador de irreparável desastre radiofônico.

*Havia pouca claridade na alma metropolitana, apesar da luminosidade do sol a pique e da lua cheia; almas opacas de olhares oblíquos — púcaros atulhados de desacolhimentos; almas adestradas nas impassibilidades, nos alheamentos condizentes com o repúdio, concordantes com o desapego. Maioria despreparada para fraternizar-se com a farandolagem, para exercitar adjutórios. Sentíamos muita aspereza no desprezo deles, metropolitanos todos; éramos inanes de afetos — inanição altruística. Eurídice uma vez reclamou conosco dizendo que sentia falta de acenos: *Semana acabando e ninguém ainda acenou para mim.* Farândola, em fila indiana, improvisou pantomima reverenciosa fazendo para ela, cada um a sua maneira, sinais com alguma parte do corpo: mãos, cabeça, olhos...

*Feridas do abandono não cicatrizam nunca. Éramos sombras mutiladas — teria repetido Virgílio, se nos visse amontoados uns sobre os outros naquelas noites invernosas, cujo frio penetrava até a medula dos ossos prenunciando ataúdes, revelando afoiteza da morte. Alheia a todos nós, cidade amanhecia triunfante sem perder sua costumeira rima: encapuzada encasacada agasalhada — e célere: Non Ducor Duco. Não estávamos em conformidade com sua topografia favorável ao progresso. Éramos a antítese do futuro. Ainda não inventaram caçambas para entulhos do nosso naipe. Eurídice ironizava, dizendo desconfiar que vida depois da morte seria pior, um pior, além de tudo, eterno. Eu, cheio de esperança na posteridade, não achava graça nenhuma nessa tese de um niilismo assustador. Pressupostos, pressuposições desagasalhadas feito nós.

*Não. Desconfio que a epistemologia não seria capaz de decodificar a maquinaria anárquica do Relento — quando este cospe ranhos e remelas em nossa cara. Relento. Sempre se encaracolava neles, nossos sonos. Sereno? Nossa coberta neblinosa, nosso sobretudo brumoso, se assim posso dizer. Relento. Era um comparsa de todos aqueles que esfarelavam nossos amanhãs. Tecia mais alguns, entre tantos, utensílios do abandono.

*Nojo — às vezes sentíamos nojo uns dos outros: sujidade ultrapassava colunas de Hércules. Fedentinosos, nossos corpos quase sempre exalavam fedor repulsivo, azedume de compreensível repelência. Futum era maior entre aqueles que praticavam suicídio lento, gradual: impotentes, medrosos o suficiente para não cortar a teia da própria vida; mas descuidavam de tudo, exageravam nas drogas. Quase podres, enxofrados — degenerescência mirim. Odor depravado, bacanal de mijos e fezes e poeira e ranhos e remelas: imundície pornográfica. Não, distinto Tales, nem tudo é água. Vivíamos quase sempre sob a preponderância da fetidez — era quando nos encontrávamos fora do arbítrio da condição humana. Sabíamos que nossa fedentina muitas vezes se tornava insuportavelmente múltipla, tridimensional.

*Madrugada qualquer, todos deitados debaixo de viaduto, noite clara, abrasadora, silêncio quíntuplo: todos, cada um à sua maneira, possivelmente relampejando na memória suas curtas vidas escamurrengadas. Noites de reflexão sobre passado ainda mais desastroso que o próprio presente. Vento brando trazia-nos soluços de

Ismênio, choro contido de Eurídice. Cada um parecia encerrado nela, sua UTI personalizada. Momentos em que estávamos sozinhos no mundo, sem nada-ninguém: Deus possivelmente havia resolvido sair de férias, aspirando, quem sabe, éteres sagrados em colônia paradisíaca qualquer. Sei que naquele silêncio quíntuplo todos estávamos completamente sós — cada qual consigo mesmo em seus próprios subterrâneos. Pertencêssemos à tribo dos Khazares, poderíamos ter entrado nos sonhos, nos pensamentos uns dos outros. Sei que eram silêncios descendo abismos, silêncios de teologias anômalas: pecadores culpando Deus pelos pecados que eles mesmos cometeram. Nosso abandono? Terrestre, e também celeste. Meada de difícil desenredo: Dédalo sem Ariadne.

*Até quando dormíamos, ranhos e remelas escorriam sonâmbulos por nosso rosto. Relento, esse desabrigo da natureza desprovido de piedade. Difícil decodificar suas obscuras, aquosas, obsessivas, exacerbadas crueldades, pelas quais penetrávamos as brenhas do desconforto absoluto: insuportáveis suas sucessivas estocadas. Tempo todo nos perdíamos no tropel das inquietudes; eram inócuos todos os esconjuros.

*Hoje, tantos anos depois, vida de razoável estabilidade, penso em como seria se Eurídice não tivesse tido morte prematura, se tivesse encontrado mesmo caminho que encontrei, se pudéssemos estar agora juntos, nus — e depois de gozos mútuos, entre um estalejar e outro de uvas no céu da boca, eu leria Saint-John Perse para ela. E toda a noite, sem sabermos, sob esse feito de pluma, trazendo altíssimo vestígio e carga de almas, as altas cidades de pedra-pomes brocadas de insetos luminosos não haviam cessado de crescer e de exceler, esquecidas de seu peso. E alguma coisa souberam só aqueles cuja memória é incerta e o relato, aberrante. A parte que teve o espírito nessas coisas insignes, ignoramos.

*Éramos nada, coisa alguma, levávamos desvantagem diante de molusco qualquer que carregasse consigo invólucro onde se aconchegar.

*Uma vez, vi de longe Ismênio de cócoras, recostado no pilar do viaduto, sem disfarçar acabrunhamento, desconsoladeza. Aproximei-me de esguelha, simulei desinteresse, sentei-me pertinho, fingi olhar alheado, mas minha aldravice durou pouco. Perguntei: *Que tristeza obsoleta é essa, irmãozinho?* Desencavei risotas dos lábios dele. Algumas palavras também: *Sabe, Seleno... Estava pensando nela, minha mãe, tomando cachaça e comendo manga verde salgada... Manga obsoleta... Bêbada chorona... Minha mãe era bêbada chorona... Mãe obsoleta... Sempre dizia que meu pai era um fulustreco... Fulustreco... Nunca entendi, mas pelo jeito estava falando mal dele, aquele sujeito que, se não tivesse jogado aquilo dentro dela, eu não teria nascido.* O nada mais obsoleto de todos os nadas — acrescentei, irônico. Não contivemos o riso. Alma dele, Ismênio, sempre foi compêndio de inquietudes de todos os naipes. Nunca vou esquecer pergunta que ele me fez naquele dia: *Você percebeu, Seleno, que a ternura da cidade sempre encalha a muitas quadras de nós?* Subsistíamos ancorados nesses pequenos diálogos insólito-poéticos, igualmente juvenis.

*Ah, as cercanias orvalhadas, rociosas... Relento? Umidade de árida compaixão, hálito do desamparo, vapor insaciável, prenunciador da palidez. Servia-se tempo todo de ranhos, remelas, querendo, possivelmente, cinzelar nosso rosto. Rudeza da natureza, desmesuras do infatigável rocio, que incitava amarelecimentos faciais.

*Ranhos, remelas? Estipêndios que ele, Relento, nos pagava a nós, os incorporados ao exército dos desprotegidos. Sim, ele nos infligia aflições perpétuas, caudal de inquietudes móbiles deles, os reiterativos-inevitáveis ranhos, as reiterativas-
-inevitáveis remelas — Relento nos tornava seres infantes ainda mais vulneráveis, desconjuntava

ainda mais nossas noites, ultrapassando os limites da sensatez. Relento. Imperioso implacável cativeiro tecedor de suspiros agonizantes, de pressentimentos agônicos.

*Nós nos tornávamos cada vez mais grotescos. Acentuava-se nossa condição de seres-xurumbambos, despojos uns dos outros. Houve tempo em que pensei em me matar: até meus respiros (na cidade que me rechaçava) me pareciam arbitrários. Abandono desorganizava nossas almas. Era devastador ver moradores (principalmente à noitinha) indo para algum lugar e perceber que não tínhamos lugar nenhum aonde ir — quinteto desamparado de destino habitava cidade cujas ruas eram todas sem saída. Esse, digamos, desabraçar citadino durou década inteira para mim. Dez anos preso no visco do descaso. Expropriaram minha infância. Dez anos debaixo da inflexível austeridade do desdém. Mesmo assim, desisti daquele desejo funesto de cortar a teia da própria vida: na época, apesar de desconhecer La Rochefoucauld, possivelmente concluí, por intuição, que o Sol e a morte não podem ser encarados fixamente. O sereno e o Relento e os desprovimentos gerais nos ensinavam muita coisa, inclusive a deduzir, sem precisar recorrer ao raciocínio, por mera intuição, pensamentos pretéritos de substanciosos deboches — mas, convenhamos, de utilidade vivificante, mística —, capazes de nos fazer arrepiar caminhos, desistir de empreitada fatal, de autoimolação. Sim, ao invés de entrar no âmago da morte, preferi continuar vivendo à margem da vida — ao sabor das surpreendências do acaso, dos roteiros ininteligíveis da existência. São muitas, reiteradas as dúvidas entre ir–ficar — quando argumentos íntimos, contra, a favor, anulam-se uns aos outros, entre plangências, gemidos, choros. Difícil viver, difícil morrer. E se Eurídice estiver certa, e se lá for pior, um pior eterno? Sei que há muitas dialéticas entre a vida e as remelas e os ranhos e a morte. Era difícil desvencilhar-me disso tudo em meio àquele redemoinho, cujo nome era desamparo — tão convincente que tempo quase todo conseguia também me ausentar de mim mesmo. Na rua, nossas almas eram ainda mais atafulhadas de veredas, becos terraplenados de fantasmagorias.

*Eurídice, impetuosa, apontando-se com orgulho, dizia ad nauseam a Ismênio: *Um dia, quando ficar famosa, vou deixar você falar pra todo mundo que me conheceu.* Ríamos: ela sempre mudava modulação e entonação e gestos ao repetir incansável vaticínio. Nunca soube que não tinha a mesma substância vaticinadora de Tirésias. Eurídice? Cogumelo que nunca saiu de seu hábitat estrumoso: sorte fugidia.

*Também éramos munícipes. Diferença? Morávamos nos meandros, na obscuridade, nos becos metafísicos, nas ruelas incônditas, nas ruas raivosas — viver daquele jeito era ofício venturoso, vivíamos aglomerados nos incômodos, nas inadequações igualmente acumuladoras. Também éramos munícipes. Diferença? Nossas chagas nossos cortes nossos ferimentos existenciais eram mais explícitos, em carne viva, sem bandagens dissimulantes; nas noites quase sempre assombradas nossos sonos, infeccionados, suscitavam pesadelos de difíceis cicatrizações. Uma vez, madrugada fria, Ismênio apontou para prédio de apartamentos dizendo, afirmativo: *Todos estão agora dormindo de costas pra parede, sim, de costas para nós.*

*Relento? Abrigo da desesperança, vapor do desconsolo. Exímio no fabrico da palidez, no fabrico dos irrevogáveis ranhos, das definitivas remelas. Anulou o amanhã de nossa farândola quase toda. Era a natureza nos mostrando sua faceta fria–frívola — jocosa–aquosa também. Nosso quinteto mirim? Rebanho de ranhos.

*É possível que existam desejos oblíquos, octogonais, quadrangulares, assim por diante — é possível. Desejo dele, Ismênio, era giratório: sentar-se em cadeira de roda-gigante. Sonho vertiginoso, vontade de ascender ao céu, ou, talvez, de se sentir provisoriamente numa posição bem superior àquela em que sempre viveu: ao rés do chão. Hipóteses. Poeta de natureza passeriforme, Ismênio mereceria muito mais: voar impulsionado por asas-deltas. Ao contrário: seus sonhos de empreendimentos aéreos farejavam apenas trilhas prateadas — lesmentas. Destino avesso aos incomensuráveis; lagarta impossibilitada de borboletear-se. Sei que era difícil para ele, Ismênio, enfrentar sua condição de galho, de ramo, de raiz da mesma árvore genealógica, da mesma insígnia, da mesma espécie dos moluscos. Farandolagem quase toda nascia apta, aparelhada para os desvanecimentos. *Nunca entendi direito minha obsessão por roda-gigante, não sei... Desconfio que chegando lá em cima, altura máxima, salto* — dizia Ismênio, sereno, convicção estoica.

*Quinteto dos desvalidos? Ensinávamos desconsolos uns aos outros — soubéssemos, na época, daríamos a essa cátedra, a esse curso básico-prático o nome poético de PRAGMATISMO A CÉU ABERTO. Lançávamos mão a todo instante de palavras dissipadoras de esperança. Mostrávamos uns aos outros, com argumentos sólidos, desproporcionalidade entre futuro sucesso (porção diminuta) e futuro fracasso (ciclópico, sem precedentes). Ensinávamos uns aos outros que cidade sempre reduziria à impotência nossas vozes, estropiaria nossos passos, desguarneceria nossos gestos destroncando nossas mímicas; e, se fosse possível, aboliria por decreto todas as sombras, para que pudéssemos ter o mesmo desfecho esmarrido ressecado de lagartixa morta exposta ao sol. Quinteto dos desvalidos? Uns ensinavam invisibilidades aos outros. Dávamos substância mútua às nossas opacidades. Ensinávamos inexistências, escassezes uns aos outros. Vez em quando improvisávamos cursos intensivos de dilaceramentos, cursos para represar lágrimas — sempre fomos incompetentes nos aferrolhamentos de ranhos e remelas.

*Apesar de tudo, nossas almas por vezes refratárias ao desencanto absoluto se inundavam, transbordantes de quimeras, de projetos de natureza irrealizável — utopias. Ismênio prometia tempo todo vencer distâncias, viajar a pé até cais do porto mais próximo para se acobertar nas reticências, nos escaninhos de navio qualquer. Correr com o vento em popa — poderia ter dito lançando mão de seu autodidatismo lírico, sua poética congênita. Ismênio nunca se desvencilhou deste sonho oceânico, sempre se entregou aos devaneios navais. *Sereia... Uma sereia poderia se apaixonar por mim... Poderia quem sabe me ensinar com prático ensinamento a ser metade homem metade peixe* — dizia, com olhar imaginoso, possivelmente fazendo-se ao mar. Fantasistas, ou não, sonhos da farândola toda se obstinavam em não se realizar: sonhos equivocados, igualmente excitatórios, efêmeros, mas excitatórios — menos para Eurídice. Sim, ela alertou certa vez, olhar sombrio emitindo raios catastróficos: *Naufrágios, Ismênio, Naufrágios... Pense primeiro nos náufragos... Morrer afogado, meu Deus, me sinto asfixiada só de pensar nisso.* Hoje, muitas décadas depois, desconfio que, no mar, morte dele seria menos trágica: triste demais imaginar as muitas as infinitas partes de Ismênio embaixo do caminhão. No mar, aquela sereia poderia quem sabe rezar pela mesma cartilha de certa tribo antiga, que digeria pedaços de cadáveres de pessoas amadas, acreditando, assim, manter o espírito delas para sempre perto de si.

*Quinteto dos desvalidos? Leprosos redivivos. Mirins repulsivos, nauseantes. Fingíamos que sim, mas nunca nos acostumávamos com as rotineiras miradas oblíquas de indisfarçável repugnância: poderíamos quem sabe feder menos se aqueles olhares fossem um pouquinho perfumosos. Mas éramos fulminados pela olhada-vade-retro. Ternuras? Ficaram para as calendas gregas. Carecíamos de Prometeu qualquer que roubasse afetos para nós. Parecia que farandolagem toda era portadora de doença infecciosa crônica, mal-de-lázaro, sim, seres-veículos-para-o-contágio.

*Inegável: todos os peitos fecundos de saudade — éramos saudosos de alguém que havia ficado para trás, alhures, em endereços desconhecidos. Pais ainda vivos? Irmãos? Alguns, mortos? Outros, presos? Trancafiados em hospícios? Saudade-etérea, saudade-éter, saudade-enigma. De qualquer jeito coração confrangia-se, reclamava lágrimas, amuos, inconformismos. Saudade-lobo-delirante uivando para lua nenhuma. Saudade-sombria. Aqueles instantes de fecundidade saudosa suscitavam ao quinteto enternecimentos mútuos. Um se transforma, por assim dizer, no ectoplasma do ausente do outro, do longínquo do outro — acalanto de aparência insólita, mediúnica. Sei que afagos, abraços, beijos naqueles momentos eram sim adventícios, mas providenciais. Numa dessas noites de profunda tristeza, Ismênio, depois de roubar urso de pelúcia, aproximou-se de Eurídice, surpreendendo a todos: *Toma, você nunca quis, fiz nosso filho sozinho.* Ternura dele não precisava de reciprocidade: tinha encanto de sobra para ambos. Éramos, vez em quando, reféns de saudades insondáveis, igualmente dilacerantes, igualmente fedentinosas feito nós mesmos. Fiação imunda, apodrecida, mas era com esse aviamento frágil que trabalhávamos nela, nossa tecelagem de afetos provisórios.

*Ranhos, remelas? Axiomas mal-ajambrados do Relento, aquele que nos despojava ainda mais de nossas humanidades, tornando-nos ainda mais desvanecidos. Éramos reféns eternos do inalterável, do sem-solução, daquela asfixia--aquosa-remelenta; reféns do Relento e seu inexorável cortejo, sim, o sereno, o ranho, a remela — comparsas perpétuos do desamparo. Ah, Relento, esse umedecedor de desabrigos e suas imperiosas obsessões borrifadoras. Ranhos, remelas? Oferendas dele, Relento, aos deuses do desamparo.

*Aquela ferida incomodava Ismênio: cicatrizava nunca. Corte no braço esquerdo, ele havia deitado distraído sobre cacos de vidro.

Não se cuidava. Apodrecimento irreversível, dores lancinantes, fedorentina insuportável: evitávamos dormir a seu lado. Ele percebia, não disfarçava a inquietude que nossa repulsa lhe provocava. Eurídice improvisava curativos inócuos. Uma vez, cobriu aquela úlcera com pétalas de rosas roubadas de uma floricultura. Ismênio se recusava a procurar ajuda num pronto-socorro: pelo jeito já havia planejado levar também esta chaga para debaixo do caminhão. Costumava dizer que aquela ferida estava ficando muito obsoleta, obsoleta demais. Numa noite, ouvimos entre um soluço e outro um trecho de sua reza abstrusa: *Ave-Maria, chega de graça, não me apodrece mais, vem, me ajuda. Você é muda? Você é surda?* Afeto maternal de Eurídice possivelmente havia blindado seu próprio olfato: dormiu abraçada com ele noite toda — menina-mulher de surpreendências contraditórias. Manifestou-se ali a Eurídice–Afeto, a Eurídice–Piedade — tendo sido, sem saber, emissária da difusa Maria, aquela sem contornos definidos da reza de

Ismênio. Eurídice? Nossa Senhora das Dores, improvisada. Acudindo à mente cena tão enternecedora, tantas décadas depois, posso ver ainda dois corpos crispados, frios, feridos cada um à sua maneira, semimortos, abraçados numa mesma cova.

*Dia desventrado qualquer, Eurídice cismou que precisaria assistir a uma corrida de cavalos, ir ao Jóquei Clube realizar seu sonho. Senhor generoso da banca de jornal havia dado todas as coordenadas: dias, horas, local. *Você vai comigo, Seleno.* Pensei: mais fácil impedirem (a laço) o amanhecer do que permitirem entrada de garotos fedentinosos num lugar luxuoso daqueles — empreitada utópica. *Tenho uma ideia: digo na portaria que estou com aids, fase terminal, e que meu último...* Interrompi Eurídice argumentando que seu estratagema era de péssimo gosto. Mesmo assim não consegui recolher por completo ambas as asas de seu sonho alado, para não dizer galopante. Pertinácia... Eurídice

Pertinácia, devia ser seu verdadeiro nome. Nasceu com olhar preparado para estilhaçar nãos. Naqueles momentos de indecisão ela costumava sair à procura de água de enxurrada ou de torneiras disponíveis num parque qualquer para lavar suas partes — terapia higienizadora. Saiu levando consigo alforje imaginário cheio de possibilidades matreiras — matreirice hípica. Nossos sonhos já chegavam com roupagem puída, babas frias, desfalecidos, com inominável palidez-átrio-da-morte. Hoje posso dizer que aquele sonho-hipódromo dela, Eurídice, havia chegado metamorfoseado em cavalo coxo, capengante. Seja como for, ela era dominada por teimosias fogos-fátuos: apareciam sumiam num átimo. Eu? Sempre soube praticar com ela concordâncias dissimuladoras — sins carentes de consistência afirmativa. Sabíamos todos, modo geral, lidar com desamparos de toda natureza, inclusive com sonhos que sempre chegavam em desordem, com engrenagens soltas, insinuando naufrágio.

*Nunca soube responder àquela pergunta inesperada dele, Ismênio: *Será que minha alma também está enferrujada assim igual meu corpo todo?*

*Olhares repreensivos dos outros nos davam impressão profana de que mastigávamos hóstias a todo instante.

*Ranhos, remelas? Éditos da morte afixados em nosso rosto pelo Relento, este que sabia nos intoxicar com suas extravagantes suntuosas melecas aquosas, liquefazendo amiúde nosso abandono. Ranhos, remelas? Vulgarização da natureza, que nos enredava nas ramificações do insólito. O Relento e sua espantosa perseverança, cujo objetivo era consolidar nossos definhamentos. Irrigador do desamparo.

*Ontem, depois de conversar muito com meus alunos sobre a morte, cheguei em casa imaginando como seria bilhete-suicida dele, Ismênio, se, antes de se matar, tivesse tido oportunidade de estudar seis, sete anos, se tanto, complementando sua então privilegiada-inata sensibilidade. Ficou assim: Querido Seleno, não posso começar esta despedida dizendo que vou deixar a vida: ninguém deixa aquilo que nunca teve. Sensato é dizer: vou sair daqui para procurar algum lugar distante que me provoque respiros substanciosos, aonde gaivotas, quem sabe, de tanto praticar voos chegarão um dia. Procurar outra linhagem, genealogia arbórea: vegetar de novo, mas dessa vez florescente, longevo. Comedido, abriria mão da durabilidade do baobá; mesmo assim, deixaria de vez o Relento, transformando-me em minha própria copagem, em minha própria sombra. Vou-me embora, amigo, procurar existência de fato, fecunda, fértil, abundante em frutos.

*Ranhos, remelas? Obuses aquosos prenunciadores de desvalias físicas, entortando os dias em direção às derrocadas pulmonares — tudo tal como prescrevia o regulamento belicoso do

Relento, que impedia quinteto mirim, quase todo de ultrapassar a soleira da infância. Ranhos, remelas irrigando nossos sulcos, nossos amarfanhos prematuros; obuses líquidos que precediam raquitismo, entorpeciam acasos promissores.

*Hoje, tantos anos depois, vida de razoável estabilidade, penso em como seria se Eurídice não tivesse tido morte prematura, se tivesse encontrado mesmo caminho que encontrei, se pudéssemos estar agora juntos, nus — e depois de gozos mútuos, entre um estalejar e outro de uvas no céu da boca, eu leria Anna Akhmatova para ela. Eu, como um rio, fui desviada por estes duros tempos. Deram-me uma vida interina. E ela pôs-se a fluir num curso diferente, passando pela minha outra vida, e eu já não reconhecia mais minhas próprias margens. Oh, quantos espetáculos perdi, quantas vezes o pano ergueu-se e caiu sem mim. Quantos de meus amigos nunca encontrei uma só vez em toda a minha vida, e quantas paisagens de cidades poderiam ter-me arrancado lágrimas dos olhos.

*Modo geral nosso esconderijo era nossa própria sujidade, nosso corpo ferruginoso que nos dava outra pele, outra aparência: com o tempo íamos nos tornando outros, interna, externamente, impregnados de escamas fuliginosas. Depois de tantos anos vivendo na rua, não seríamos reconhecidos num átimo nem sequer pelos parentes mais próximos. Nem mesmo através deles, nossos olhares: senhas hieroglíficas. Olhares tornaram-se distantes alheados de tanto procurar em vão nossos próprios passados. Olhares desesperançosos, cansados de vislumbrar neblinas, sombras, espectros — olhares de incompetências pretéritas. Audição igualmente cheia de embaralhamentos, algaravias: frases truncadas, bêbadas, de indisfarçável ofensividade, choros possivelmente maternos — visões neblinosas, audições nebulosas. Saudade prejudicou nossos olhos, decepcionou nosso olhar: quando olhávamos para trás, procurando pretérito, o opaco nos infligia dores insuportáveis. Inegável: vez em quando nós também sentíamos asco, náusea dela, nossa própria ferrugem.

*Chamo à memória dia aquele em que Ismênio disse a Eurídice que eu tinha amor muito bonito por ela — lindamente obsoleto. Desconfio que, para ele, essa palavra tinha significados tão numerosos quanto os olhos de Argos. Naquele contexto sua palavra-ônibus desafiava contestação. Inútil propor contraditas etimológicas: vida toda amei Eurídice — até hoje converso entre aspas com ela nas noites insones. Existia debaixo daqueles ranhos daquelas remelas certa aristocracia anárquica; debaixo daquela fuligem, poesia épica. Viveu século inteiro em apenas quinze anos de real existência. Ao lado dela, o óbvio e o banal se consumiam se exauriam, espontâneos — sua originalidade reduzia quase todos (dentro ou fora da farandolagem) a indivíduos-lugares-comuns. Eurídice? Flor-ferrugem exalando inteligência de aroma raro.

Voluptuosa e plácida. Não era Diadorim em tempo integral: sabia que a lua foi feita para alumiar afagos. Uma vez, nós dois diante de aparelho de televisão ligado dentro de vitrine de loja, cujo programa mostrava fome, miséria no interior da África — cenas dantescas. Comentário de Eurídice: *Deus errou a mão: bolo desandou.*

*Cada qual da farândola carregava preso ao pescoço chocalho invisível da mágoa: bovinos mirins alardeando por dentro os próprios ressentimentos, rastros do abandono — acima de tudo pela família. Chocalhos invisíveis expressando recônditos. Éramos contidos nos queixumes mútuos: ladainha anacrônica; vender mel ao colmeeiro — todos padecíamos de impiedade parelha. Mas líamos nos olhos uns dos outros essas contrições às avessas. Difícil viver acumulando entulhos magoantes num canto qualquer do subsolo de nós mesmos. Impossível esquecer de vez desprezo de tanta transcendência. Dias ficavam mais desoladores quando mágoa chegava abrupta — vinda pelo atalho-da-necessidade-do-afago-maternal.

*Éramos caules, galhos, ramos uns dos outros à beira do abismo — quinteto vivendo tempo todo sob a espada de Dâmocles. Mãos recíprocas estendidas impedindo vertigens. Solidariedade de duração fugaz: havia sempre alguém do quinteto sendo aliciado pelo canto das sereias abismais. Perdas sucessivas iam empedernindo nossas almas: mais um palito de fósforo gasto guardado (sem ter por quê) dentro da própria caixa. Beira dele, nosso abismo era mais escorregadio: escorregávamos a todo instante em nossas remelas, nossos ranhos, com os quais regávamos os malmequeres — jardim místico. Desconfio que descaso abandono são ímãs que se adaptam aos abismos: corda–caçamba, pião– fieira. Sim, comparação despropositada: lancei mão impensante de dois acasalamentos lúdicos. Quantas vezes quinteto farândola saía pelas ruas em fila indiana: acompanhávamos o esquife uns do outros — assobio melancólico dele, Ismênio era nossa marcha fúnebre.

*Ah, o Relento e suas rudezas umedecidas: sabia executar sua tarefa com astúcia líquido-pastosa, desatando amiúde os fechos do desconsolo absoluto. Sim, Relento, este que chegava para nos impregnar de ranhos, remelas, trazendo-nos semblantes esbatidos. Seus propósitos, sabíamos, não eram obscuros em absoluto: intuito dele, Relento, era chamuscar de palidez nossa já desvalida juventude, espargir seu sopro-aquoso em nossa direção, assopramento metamorfoseado em ilicitude.

*Eurídice e eu? Vivíamos limpando remelas e ranhos mútuos — noutras vezes piolhos. Espremê-los entre as próprias unhas era para ela entretenimento lúdico, catártico, passatempo litúrgico — nojo e suas surpreendências líricas, ocasionais. Em tais circunstâncias (igualmente insólitas) nossas derrocadas refugiavam-se alhures: no silêncio da madrugada. Piolhos esmagados nos proporcionavam estalidos poéticos, haicais ascorosos, instantes de descarrilamento provisório da desesperança, sensação quimérica de que o próximo amanhecer não começaria tão desgrenhado feito os inumeráveis amanheceres antecedentes. Cada vez que Eurídice espremia piolho entre uma unha e outra, emitia, ao mesmo tempo, sons provocados pelos estalidos da língua no céu da boca. Foi numa dessas traquinagens onomatopaicas que Ismênio comentou: *Pelos pleques e ploques diferentes acho que existem piolhos mais, ou menos, obsoletos que outros.*

*Éramos, farândola toda, predestinados ao Relento, que nos predestinava aos ranhos, às remelas, refreando ou desconjuntando nossos gestos. Sim, éramos receptáculos dos engulhos dele, Relento impiedoso — sempre indiferente às nossas lamúrias. Eram insaciáveis seus espargimentos vaporosos sobre todos nós. Ah, o Relento e sua atmosfera sobrenatural, que transformávamos em espectros de respirações penosas. Relento. Insígnia da friagem.

*Nossa possibilidade de sobrevivência era mais esfumaçada que a própria cidade com a qual agíamos em constante desacordo. Ela? Nós? Igualmente nebulosos — cada qual à sua maneira. Diferença? Ela, exuberante: seus ranhos e remelas eram de proporções extremas, monumentais. Nós? Espantalhos. Caos? Quase parelho: nossa topografia pessoal não nos possibilitou planejamento. Ela? Planejada para rechaçar remorsos: fortificada com muralhas invisíveis impedindo que o altruísmo ganhasse caminho. Havia, sim, nas madrugadas frias, quase às escondidas, acanhados ritos expiatórios. Cidade? Luz fluorescente de infinita duração. Nós? Tocos de velas de chamas indecisas, frágeis, cambaleantes. Sabíamos que vento da morte nos espreitava na rua de baixo, ou na esquina mais próxima. Não viéramos ao mundo para reluzir. Hoje sei: o que mais me escureceu por dentro foi o evanescer das chamas de Eurídice e Ismênio. Blecaute eterno em toda a cidade não teria esmigalhado igualmente meu coração.

*Abandono dava ao quinteto parentesco recíproco; necessidade móbil de extorsões mútuas — tudo dentro da ética da farandolagem: não sofríamos vergonhas de parte a parte. Simaquia? Sei que éramos matérias do mesmo lodo em decomposição, visgos colando afetos quebradiços uns dos outros — até nossas excitações permutáveis tinham intuitos (muitas vezes) benemerentes. Adivinhar desejos entre nós era nosso evangelho — tudo para suprir lacunas genealógicas, protelar soterramentos definitivos da esperança: defesa exclusiva dos próprios interesses da farândola, corporativismo luxurioso. Sei que tínhamos muito pouco para dar uns aos outros: éramos nossos próprios resíduos, escamurrengados demais para praticar carícias prolongadas. Coitos quase caninos, miseráveis, à semelhança de nós mesmos. Eurídice, sim, quando queria, sabia ser pétala entre aquela espinheira toda.

*Quantas vezes surpreendi (nas noites insones) Ismênio rezando baixinho — mexerufada suplicante, Ave-Maria carregada de neologismos. Desconfio que nosso devoto mirim acreditava que aquela santa, com a qual conversava, devia saber decodificar todo e qualquer peditório de linguagem híbrida. Visto, porém, o desfecho dramático, não era o caso. Talvez ela censurasse transgressões linguísticas daquela natureza — oração verdadeiramente insubordinada. Seja como for, suponho também que tal reza era anestésica para Ismênio: momentos de aparente epifania. Mesmo sem ressonância santificadora, pressuponho que ele acreditava que sua prece, desconjuntada, alçava voos estratosféricos. Na verdade, suas preces sempre se mantiveram de cócoras, ao rés do chão feito ele, o próprio rezador. Quem sabe tratado zoológico qualquer poderia ter dado conta deles, nossos Relentos e

nossos ranhos e nossos abandonos e nossas remelas. Desconfio igualmente que nenhuma doutrina religiosa chegou a entrar nos escaninhos
do desabrigo. Eurídice costumava argumentar
que as súplicas dele, Ismênio obteriam alguma
receptividade se fossem ecoadas nas naves das
catedrais. Sei que viver é imprudência de pouca,
ou muita duração — seja quando se entoam lou-
vores, seja quando se fulminam excomunhões.

*Ah, aquele artesanal atazanante do Relento,
aquela silhueta do desconforto, do despropósito,
do inoportuno. Como coadjuvante, o Relento
concorria para o objetivo comum de todos aqueles que expropriavam nossa infância. Usurpador
de fôlegos, urdidor de malvadezas canhestras,
que substanciavam ainda mais nosso já acentuado esmorecimento.

*Quando se mora nas ruas desejo de infundir
novas energias evapora. Interdições do depau-
peramento são intangíveis, prevalecentes,

não conhecem curvas, desvios. Vivendo ao Relento conhecíamos de perto a patologia do estiolamento. Apesar de tudo, farândola quase toda chegava, no máximo, até o átrio da resignação. Com o tempo, íamos nos transformando em argamassas substanciosas de rancor e revolta e malvadeza e inconformismo. Trilha sonora disso tudo? Tosse intermitente. Móbil? Desvarios e desarranjos e desvios e descomedimentos de todos os naipes — inclusive meteorológicos. Contradição? Dentro dessa mistura arenosa que éramos todos nós, ainda havia espaço para humor e ternura — substantivos todos eles regidos por hierarquia flexível, adequando-se à geometria do Relento. Asperezas dos dias nem sempre tornavam nossas almas ferruginosas à semelhança deles, nossos próprios corpos.

*Éramos tempo todo enredados nas malhas da ilicitude, das transgressões, dos empandilhamentos, das rapinagens; impossível tanto tempo nas ruas sem lançar mão de embusteirices, sem apropriar-se de bens alheios — quinteto das ardilezas, das pequenas trampolinagens. Ismênio, o mais desajeitoso para trocas e baldrocas, vez em quando visitava delegacias centrais — sem maiores consequências. Plantonistas, modo geral, sentiam simpatia por ele, admiravam sua viveza de imaginação, sua inteligência privilegiada. Nunca ia embora sem receber reiteradas reprimendas acompanhadas de dois, três cascudos consecutivos, para que sua permanência fogo-fátuo não passasse em branco. Num desses rápidos interrogatórios, Ismênio comentou com o delegado: *No futuro não vai existir ladrão: tudo vai ser de todos.* Ainda me comovo quando lembro dos hematomas e coágulos durante semanas nos olhos de Eurídice: quase linchamento na saída de magazine feminino: tentou levar às escondidas vestido azul de seda pura e bolsa ao lado do mesmo tom, acreditando que combinariam com seu jeito sujo e ao mesmo tempo altivo de caminhar. Plangências noturnas dela devoravam a todos nós — Ismênio entre lágrimas amaldiçoava humanidade toda dizendo que o mundo era mais sujo por dentro do que nós (farândola toda) éramos sujos por fora. Noites plangentes que substanciavam meu amor por ela, Eurídice-rã-rainha-do-lodaçal. Se pudesse, num daqueles momentos dolorosos, imitaria Dante, mas diferentemente do poeta, que foi ao encontro de sua Beatriz, eu levaria minha Eurídice no colo ao Paraíso. Apenas eu, porém, consegui sair daquele inferno, e vivo agora neste purgatório. Desde que cheguei aqui, há algumas décadas, não consigo dar um passo para a frente sem olhar para trás — rememorativo, lembrando do tempo em que éramos todos monturos-mirins.

*O Relento cavava (com antecedência) sulcos neles, nossos rostos — envelhecimentos sem mais preâmbulo, oxidação prematura, corrosão despropositada: deuses da preservação sempre nos relanceavam de viés, olhares oblíquos, desobedientes a todas as leis da condescendência. Nós? Apóstolos da decrepitude precipitada. Dentições podres exigiam risos ocos; semblantes fúlgidos traziam faces deformadas pelo descaso. Havia momento em que palidez dele, Ismênio, nos parecia beatificante — envelhecimento abrupto desconforme ao seu frescor, à sua juventude, à sua fluência e viveza mental. Relento de aritmética abstrusa: em conluio com o tempo, ele, Relento, impossibilitava-nos a infância precipitando funerais em grande quantidade. Amadurecimento repentino havia definido com antecedência interdição dele, playground que deveria ter sido nosso. Sei da impossibilidade, sei que nunca haverá dia em que não existirão farândolas-mirins, mas possivelmente haverá, sim, um tempo, distante talvez, em que nasceremos (para restituir outros danos) com camadas externas de resistência hipopotâmica. Uma vez, diante de vitrine de perfumaria, Eurídice comentou: *Ainda não inventaram creme rejuvenescedor antiferrugens.*

*Irremissível... Quantas noites tempestuosas, relampejantes, abismávamos diante daquele abandono irremissível. Em período chuvoso descaso também transbordava, encharcava nossas almas de inconformismo e rancor e desesperança. Trovões, relâmpagos insinuavam fulminância de raios sobre nós, incitavam a mixórdia oracional de Ismênio, as chacotas de Eurídice: *Bobagem, garoto, já fomos fulminados faz tempo: raio não cai duas vezes no mesmo lugar.* Conselho inútil: Eurídice e Ismênio não compartilhavam da mesma mitologia pluvio-métrica. Sei que dias tempestuosos ratificavam, sublinhavam nossa vulnerabilidade: aquelas bravatas atmosféricas eram incompatíveis com o tamanho das marquises que nos faziam as vezes de teto. Talvez tivesse sido preciso sim tanta água para irrigar tanto abandono. Éramos todos, juntos, um único morto — aquele do poema de Drummond, cujo enterro não foi feito: corpo ficou esquecido na mesa. Com pouca ou mais hipocrisia, sabíamos todos que nossa única *arma* contra aquele dilúvio era a oração atabalhoada de Ismênio, seus hieróglifos místi-cos, sua ladainha abstrusa. Desfaçatez coletiva providencial. Sei que natureza gastava quase toda sua energia para mostrar sublime infinita altiveza, atingindo naquela noite trovoenta agitação atmosférica máxima. Nós, quinteto todo, estávamos apinhados uns sobre os outros tentando blindar frio e medo — principalmente das ameaçadoras descargas elétricas. Mais uma noite blasfemante a insultar nossa consagrada desvalia — nunca estávamos preparados para cataclismo de configuração nenhuma: depois de anos ao Relento éramos seres que nos espedaçávamos com mais facilidade.

*Para a comunidade éramos menos que troco, menos que duas três moedas quaisquer: estas ainda conseguiam *viver* algum tempo aconchegadas nos bolsos das algibeiras de seus proprietários. Ismênio possivelmente nos chamaria agora de tostões obsoletos. De fato, não havíamos nascido para tilintar. A vida foi uma emboscada para farândola quase toda.

*Relento? Insaciável sua cupidez inebriante, sua reprodução pornográfica de ranhos, remelas — procriação obscena. Nossas aspirações ruidosas pelo nariz tornavam perceptíveis, evidenciavam a intransigência, a tenacidade ranhosa do Relento, o Relento e suas depravações aquosas que amareleciam ainda mais nosso semblante. Sim, ele, Relento, pressagiador de reiteradas inquietudes. Sim, ele, Relento, que fazia dela, nossa face, ancoradouro de seus ranhos, de suas remelas — maldades escorregadias, sem regateios.

*Desconfio que estava grávida. Acho que morreu grávida. Desconfio que o filho era meu. Dois três dias antes de morrer Eurídice pediu jambo, com insistência. Vontade de comer jambo, mas jambo não havia. *Morango, querida, veja, encontrei morango para você* — mostrava-me solícito. Neca neres jeito nenhum: *Quero jam-bo* — enfatizava Eurídice. Desconfiasse na época teria executado os doze trabalhos de Hércules para encontrar jambo em qualquer lugar do mundo e levar cesta atafulhada de jambos para ela. Ismênio estivesse vivo possivelmente perceberia olhar lírico-maternal de Eurídice. Sempre via mais coisas do que todos nós éramos capazes de ver; sensibilidade premonitória: via às vezes coisas do dia seguinte. Havia nele algo de santo, aquela santidade da flor que nasce no riacho de uma miragem no deserto. Sei que até hoje desprezo jambo: foi a fruta que nos faltou, que não correspondeu ao último desejo dela, aquela que tanto amei — ainda amo. Jambo... Incognoscível. Desconfio que se aquele filho tivesse nascido, e se fosse do sexo masculino, teríamos dado a ele o nome de Ismênio... Ismênio Obsoleto. E possivelmente, para contrariar a natureza, teria nascido moreno-jambo.

*Aos domingos nossas almas ficavam dia todo pedindo misericórdia. Esse dia nos acabrunhava com seus marasmos. Ausência da família pesava mais aos domingos, embora estivéssemos conscientes de que aquilo que tivéramos antes não mereceria o epíteto de família. Aos domingos sentíamos saudade de um ajuntamento qualquer de pais, irmãos, avós. Aos domingos nossos desmoronamentos internos se acentuavam, tomavam corpo: badalejar dos sinos das igrejas melancolizava ainda mais nosso desamparo.

Domingos ratificadores da ausência. Farândola toda concluía que a vida devia ser menos estreita, mais plana, menos pontiaguda para aqueles que se reuniam aos domingos com a família — em qualquer lugar, dentro ou fora de casa. Estávamos enrodilhados em indizível inveja. Eurídice sabia dissimular tal sentimento dizendo que família se reunia aos domingos para compensar desprezo mútuo que parentes manifestavam uns pelos outros durante o resto da semana. *Você, por exemplo* — disse certa vez, apontando para Ismênio —, *gosto de você a semana inteira... Apenas quarenta e cinco minutos por dia, mas, repito, gosto de você a semana toda.* Sinos... Sinos... Também eu em muitos momentos tinha o desejo, a vontade de assistir a missa qualquer, mesmo não acreditando em nada — possivelmente para sentar-me e olhar para lugar nenhum ou, quem sabe, conversar telepaticamente com aqueles anjos todos que flutuam debaixo das naves de quase todas as igrejas. Não pediria nada: quem não acredita em nada não pode pedir nada. Noutra ocasião, lendo quem sabe meus pensamentos, Eurídice comentou, entre um badalejar e outro: *Se Deus existisse não frequentaria igrejas, teria coisa mais útil para fazer.* Sei que um único domingo, lerdo, angustioso, aflitivo, pesava uma semana inteira sobre nós.

*Desesperança? Depois de descrever suas curvas tradicionais, sempre retorna às mãos do lançador — desalento-bumerangue. À noite esse sentimento se tornava ainda mais asfixiante. Era menos temerário, então, ficarmos embaixo de viadutos, e não sobre eles: desesperança poderia exercitar sua ilusória autonomia de voo. Havia momentos em que inclemência do abandono provocava dores excessivas em nossas têmporas; desprezo em demasia às vezes tresandava a enxofre, incitando febres, delírios — noites enturvadas, esvanecimentos em toda a plenitude. Dias em que éramos mais do que nunca seres-lêmures, assombrados pela solidão, pelos tormentos internos móbiles do desconsolo absoluto. Dor dele, nosso abandono era do signo da soturnidade, esgueirava-se arisco em nossas entranhas, hospedeiro integral de nossas inquietudes. Infecção invisível, silenciosa: silêncio contundente inibidor de uivos inócuos. Melancolia ferruginosa semelhante aos nossos próprios corpos. Abandono opressivo: depois de algum tempo vivendo na rua andávamos naturalmente cambaios, zambros — habituados ao desengonço, e à fetidez também. Uma vez, enquanto eu caminhava titubeante ao lado de Ismênio, ele observou: *Sei não... Desconfio que seus passos estão ficando obsoletos.*

*Eram insaciáveis os cochichos erótico-noturnos do Relento, que, abusivo, ejaculava ranhos e remelas sobre nossos rostos indefesos — abuso infantil por parte da natureza. Relento? Violentador invisível que se aproveitava de nossos corpos desnudos. Sim, ele se extasiava com aquela bacanal juvenil remelenta. Sim, impossível para farândola toda se desvencilhar daquela depravação-aquosa-opressiva. Vivíamos diante da inevitabilidade do gozo ininterrupto dele, que nos molestava mesmo quando dormíamos, estuprando nossos semblantes. Goya, este, sim, entraria nos escaninhos deles, nossos ranhos e remelas.

*Nas noites insones, quando Ismênio lutava tentando trazer à tona o próprio sono, Eurídice obrigava-o entre aspas a repetir ad nauseam: paralelepípedo. O mais próximo a que ele chegava deste trava-língua substantival era paralepido — pa-ra-le-pi-do. Desconfiávamos que essa dicção entrecortada se transformava num apelo irresistível, canto de sereia para atrair o sono dele, nosso entaramelado, tartamudo Ismênio. Apesar de poética, sua mente era a mais inquieta de todas: refutava o sono para evitar sonhos exasperantes, imoderados — pesadelos boschianos. Percebemos que durante sua curta existência não conseguiu destecer seus tormentos, suas inquietudes. Houve erro de percurso: Ismênio deveria ter sido gerado noutro ventre, noutros tempos, fruto de árvore genealógica frondosa. Deveria ter nascido numa casa atafulhada de palavras por todos os cantos, dentro e fora dos muitos livros que essa sua merecedora família guardaria na biblioteca particular. Destino não fez justiça à natural congênita inteligência dele, o precoce, o *obsoleto* Ismênio. Quantas vezes, dormindo, balbuciava a meia-voz palavras, frases ininteligíveis, possivelmente conversando com ancestrais de luminosas sabedorias. Motivo de sua morte, talvez: voltar para existências longínquas percorridas com mais altiveza. Ismênio viveu pouco, maioria das vezes afundado nos desvãos de si mesmo. Certeza? Uma só: havia pérola dentro daquela concha. Hoje, depois de décadas, há muita neblina nelas, minhas rememorações. Atravesso às apalpadelas o caminho de volta, em que vivifico aquela quase vida de todos nós. Sei que nunca mais esqueci jeito principesco com que Ismênio soletrava seu neologismo: pa-ra-le-pi-do.

*Todas as portas estavam tempo todo fechadas para nós: vivíamos como se fôssemos aquele ar salobro e fedentinoso que circunda os curtumes. Quando conseguíamos, quinteto todo, entrar sorrateiros em qualquer estabelecimento, éramos vistos, provocávamos o mesmo olhar de perplexidez de lavrador diante de plantação invadida por praga de gafanhotos. Vivíamos tempo inteiro fulminados por olhares dedetizadores, particularmente dentro de centros de compras de natureza asséptica. Eurídice cognominou nossa cidade de Relutância. Noutra ocasião disse que gostaria de morrer numa cadeira de balanço num alpendre de cidadezinha qualquer. Sei que nossa condição andrajosa feria olhares alheios, feria olhares-desdém, olhares-de-esconso. Mas o não olhar, o quase olhar deles todos, também era torturante para nós: configurava nossa, por assim dizer, não existência. Desprezo da cidade toda nos despedaçava por dentro; estancávamos a priori possibilidade de choro para não mostrar uns aos outros nossos fraquejamentos, para não vergar às escâncaras nossos joelhos. Éramos, porém, cada um à sua maneira, tonéis aferrolhados, atafulhados de lágrimas. Disfarce era nossa insígnia. Exceção? Ismênio. Sim, poetas românticos não estancam lágrimas: choram, e assim umedecem as próprias palavras. Sei que era difícil para farândola toda suportar os próprios destroços com insistente aridez nos olhos: choro acalantaria esmorecimentos, arrefeceria rancores, afrouxaria desamparos. Inútil negar: às vezes, de noitinha, chorávamos às escondidas quando lembrávamos que nossas vidas estavam soterradas de mortos. Ismênio uma vez me disse que nunca soube, nunca entendeu motivo pelo qual ele mesmo existia; que pai dele não deveria ter feito sexo com mulher nenhuma, deveria vida toda ter desatravancado seus desejos masturbando-se em banheiros públicos.

*Nossa existência lá nas calçadas, debaixo de marquises e viadutos, nos bancos de praças, deixava nódoa, grande irremovível nódoa na epiderme da cidade. Era como se encardíssemos os lugares pelos quais passávamos, como se fôssemos nós os causadores da halitose urbana. Farândola toda (com o tempo) ia imprimindo sobre si mesma este estigma. Hoje sei que nada é mais malcheiroso nada é mais catingoso que o abandono.

*Odiávamos dezembro, odiávamos aquele eflúvio, aquela efluência natalina. Todo aquele sentimento de simpatia, ternura e piedade que se generalizava por todos os cantos da cidade — maioria aparentemente se identificando no mesmo escopo; partilhamentos transitivos; tempo de adjutórios autômatos; desperdício ecumênico. Aquela profusão de cânticos tinha para nós o mesmo significado dos responsos entoados nos funerais. Vivíamos período em que nossa real orfandade, nosso autêntico desamparo se manifestava contundente. Se Eliot tivesse pertencido à nossa farândola teria dito que dezembro, este sim é o mais cruel dos meses. Desconfio que Ismênio só lançava mão de seu adjetivo contumaz de maneira apropriada quando se referia à decoração da cidade: *Obsoleta, muito obsoleta*. No último natal em que passamos juntos, lembro-me de ter roubado pote de blush numa farmácia para que Eurídice disfarçasse sua palidez cadavérica — infecção pulmonar fulminante matou-a três dias antes de acabar o ano. *Ah, você trouxe este sol em pó, que bom, preciso me bronzear* — ela disse, sem abrir mão de seu indefectível escárnio. Insólito e doloroso ver amalgamarem-se em seu rosto o pó do cosmético e o pó ferruginoso do desamparo. Sei que meu amor por ela sempre foi desprovido de maquiagem — sobreviveu até hoje em estado natural. Naquela noite senti falta ainda maior da oração ininteligível, da abstrusa Ave-Maria dele, Ismênio. Sei que aquele foi o mais cruel, o mais árido, o mais soturno, o mais vazio, o mais pálido, o mais funesto de todos os dezembros. Hoje, tantas décadas depois, desconfio que há certa injustiça quando falo sobre os tais eflúvios natalinos: Eurídice raramente conseguia disfarçar seu enternecimento diante de todos aqueles corais espalhados pelo centro da cidade.

*Ranhos, remelas? Meandros do Relento. A tarde se despedia deixando-nos sua herança umbrosa, cujo nome é Relento, forjador implacável de inquietudes. Sim, Relento, aquele que tornava nossa já minúscula vida ainda mais efêmera. Relento e seus implacáveis mecanismos aquosos, que umedeciam tudo, inclusive o vento, com suas entre aspas insaciáveis carícias.

*Maioria das vezes nos achávamos canhestros quando olhávamos uns para os outros, para nosso estado de abandono e esquecimento — era inegável nossa inabilidade para a vida. Difícil, impossível viver anos seguidos ao Relento mantendo alguma simetria, física ou espiritual. Nosso caminhar e nossos passos e nossos raciocínios e nossas falas iam ficando igualmente cambaleantes, irresolutos. Ranhos, remelas, estes sim, mantinham-se firmes em seus desígnios. Depois de alguns anos vivendo na rua eram as esquinas que nos dobravam, os viadutos e marquises que dormiam sobre nós. Praticávamos intrusão, ocupávamos espaços pertencentes aos roedores e insetos, que se apresentavam em formas múltiplas e que eram os restos das lixeiras públicas que nos consumiam. Depois de tantas drogas, éramos agora nosso próprio vento e nossa própria chuva e nosso próprio frio e nossa própria ausência. Em momentos alucinatórios, víamos remelas nas gravatas e ranhos nas lapelas dos paletós dos transeuntes; tudo em favor das amiudadas baixas e consequentes reposições nele, nosso adaptável quinteto. Procurávamos o delírio para redimir todos aqueles que nos abandonavam. Relento desfavorece altivezas facilita desajeitamentos, inabilidades. Sim, Relento reiterado esfacela pulmões, enferruja corpos, turveja almas, engrola falas, esmaece olhares. Sim, Relento e sua sintaxe particular, sintaxe do desamparo atafulhado de dissimulações ecológicas. Sim, Relento instigador de gemidos saudosos nas noites insones, cavador de inquietudes, fazedor de anemias e exímio artífice de remelas e ranhos antológicos. É doloroso viver debaixo dos cascos de aparência branda do Relento — dissimulações obscenas que tiravam a todos nós (farândola toda) do prumo, nos deixavam assustadiços, naturalmente paranoicos diante da sisudez cada vez mais acentuada dos olhares alheios. Sei que Relento ia nos tornando exóticos, muito exóticos, inclusive aos nossos próprios olhos. Relento? Signo de presságios funestos, logomarca sombria do abandono absoluto.

*Eurídice, querendo desconsertar seus interlocutores quando estes discordavam dela sobre qualquer assunto, perguntava de chofre: *Por que o bumerangue sempre volta por conta própria?* Hoje, tantas décadas depois, ainda fico sem saber o porquê daquela indagação, por assim dizer, socrática. Desconfio que ela também não sabia motivo pelo qual artefato de madeira sempre retorna às mãos do lançador. Sei que Eurídice fazia, intuitiva, pergunta retórica, mesmo desconhecendo essa arte persuasiva. Uma vez, aborrecido com a recorrência indagativa da amiga, Ismênio rebateu, perspicaz: *Não me interessa saber por que o bumerangue volta; queria saber por que você sempre volta com a mesma pergunta.*

*Cidade toda era inacessível à farandolagem: vivíamos à semelhança da antiga Nave dos Insensatos, navio-hospício que ficava impedido de ancorar em qualquer porto-possível-imaginável. Estabelecia-se o triunfo da repulsa, império rechaçador, soberania interjetiva: Arre lá! Farândola? Aves cujos ninhos transitórios eram devastados pelo vendaval estético-paisagístico. Nosso ofício era alocar à sorrelfa escaninhos, apropriar-nos sorrateiros de cantos também relegados ao Relento — aves capengas de asas quebradas sob o signo do deslocamento.

*Apenas Eurídice tinha suposta consciência do dia em que havia nascido: 14 de novembro, e não foi por acaso que ela, num gesto generoso, decidiu de maneira aleatória: *Você, Seleno, vai fazer aniversário em 26 de fevereiro; você, Ismênio, 10 de maio.* Assim, incisiva, oficializou entre aspas nosso nascimento. Lembro-me de que Ismênio havia refutado incontinenti sua provável data de nascimento, argumentando que 1º de abril teria sido muito, muito mais obsoleto. Designei a mim mesmo incumbência de lançar mão do voto de Minerva: *Declaro que você, Ismênio, nasceu no dia 4 de junho de... Bom, mais não consigo adivinhar.*

Desconfio que aquela improvisada consagração natalícia nos proporcionou, por algum instante, a mim e a Ismênio, sentimento de complacência, de bem-estar, de fagueirice para com nossa própria existência: tínhamos, afinal, um ponto de partida, estávamos instaurados na vida à semelhança de todos os outros moradores da cidade — independentemente da rubrica, do feitio, da ventura de cada um. Sei que naquele mesmo dia Ismênio decidiu, para mostrar a dessemelhança entre ele e a maioria dos mortais, que teria tido triplo nascimento: em 10 de maio, dia estabelecido por Eurídice, e em 4 de junho, data decidida por mim; mas também em 1º de abril, dia sugerido por ele mesmo. Meses depois daquele conclave natalício nunca mais chamamos à memória aniversário um do outro: Relento, além de tudo, traz consigo as mesmas propriedades esquecediças das águas do Letes. Hoje sei que naqueles tempos sombrios era mais provável adivinhar o dia da nossa morte que o dia dele, nosso nascimento: pretérito ia ficando cada vez mais neblinoso, ferruginoso feito nossos próprios corpos. De qualquer jeito, passado e futuro eram duas aljavas vazias ao Relento — este tecedor de asperezas, de laceramentos, este despedaçador de amanhãs. O presente? Existia quando nossos corpos sujos, nossos lábios trincados se juntavam para driblar insônias, abastecer desejos. Sim, Eurídice e eu, juntos, dávamos significação àqueles momentos entre a vaziez do passado e a vacuidade do futuro; beijos bolorentos sufocando abandonos mútuos; gozos aromatizando fedentinas recíprocas. Era quando nos escondíamos (um dentro do outro) das próprias misérias; quando dividíamos abrigos um aconchegando o outro com o próprio corpo; quando aquele espaço de chão debaixo do viaduto se metaforizava transformando-se no Jardim das Hespérides — ao fundo, Orfeu tocando sua lira.

*Quando vivíamos na rua, o tempo, nosso tempo, o tempo da farândola era todo ele período contínuo de horas mal-ajambradas e dias dominados pelo desengonço: desamparo era além de tudo antiestético. Éramos nossos próprios fantasmas, visão que nos apavorava uns aos outros nas noites de insonolência. Hoje, tantas décadas depois, desconfio que nossas remelas e nossos ranhos eram ectoplásmicos. Ou éramos apenas sombras lambuzadas?

*Hoje, tantos anos depois, vida de razoável estabilidade, penso em como seria se Eurídice não tivesse tido morte prematura, se tivesse encontrado mesmo caminho que encontrei, se pudéssemos estar agora juntos, nus — e depois de gozos mútuos, entre um estalejar e outro de uvas no céu da boca, eu leria Herberto Helder para ela. Beijo o degrau e o espaço. O meu desejo traz o perfume da tua noite. Murmuro os teus cabelos e o teu ventre, ó mais nua e branca das mulheres. Correm em mim o lacre e a cânfora, descubro tuas mãos, ergue-se tua boca ao círculo de meu ardente pensamento. Onde está o mar? Aves bêbedas e puras que voam sobre o teu sorriso imenso. Em cada espasmo eu morrerei contigo.

*Minha mãe. Naqueles tempos lembrava-me dela mais amiúde. Cheguei em sua vida para multiplicar seus destroços. Fui o terceiro de uma ninhada da qual apenas eu sobrevivi — todos vítimas da mortandade infantil. Minha mãe... Havia nela feridas que nunca cicatrizavam: desprezo dele, meu pai, violência dele, meu pai, delirium tremens dele, meu pai. Já não me lembro da fisionomia dela — dos gritos, sim, dos gemidos, sim, ainda ouço vez em quando. Ouço igualmente estalejar da palma da mão dele, meu pai, no rosto dela. Saí de casa para não matá-lo num daqueles seus desfalecimentos alcoólicos. Ainda me causa inquietude, desconforto ter pensado um dia em matar meu pai, mesmo sabendo que depois minha mãe morreu de tristeza por causa dele. Há labaredas inextinguíveis dentro de todos nós. *Você não devia ter nascido, você não devia ter nascido* — ouvia esta cantilena materna tempo todo em que morei com ela... que também não devia ter nascido. Desconfio que Ismênio gostaria de ter sido filho dela: ambos de natureza poética. Minha mãe... Trabalhou muitos anos como empregada doméstica na casa de professor que ouvia *ad nauseam* Billie Holiday. Vez em quando, bêbada, tentando me fazer dormir, imitava cantarolar de Billie. Não foi só a presença de meu pai, minha ausência também a matou de tristeza. Há muita ilicitude, muita fuligem no meu passado. Desconfio que minhas rememorações também infringem disposições legais desse tempo pretérito que não deveria nunca ter saído do próprio sepulcro, mas não consigo deixar que Ismênio e Eurídice e minha mãe me escapem da memória: são meus acalantos rememorativos, meus apaziguamentos noturnos, minhas litanias. Esquecê-los seria chacina mnemônica.

*Nas noites geladas, ventos nos traziam murmúrios da morte. Nossos corpos, trêmulos, amontoados uns nos outros, não arrefeciam impetuosidade da temperatura que muitas vezes insistia em se manter em dois, três graus centígrados acima de zero. Com o tempo nos acostumamos a ter diante dos olhos camburão que passava ou se aproximava do quinteto, trazendo consigo sua mórbida logomarca — em geral depois de pobre-diabo de farândola qualquer ter sido ferido de morte por lâmina afiada de uma das múltiplas armas brancas do poderoso arsenal do Relento. Sempre que Eurídice via aquelas três letras gigantescas em caixa alta, IML, apontava, uma por uma, pausadamente: *Imortalidade? Mentira. Lorotagem.* Nenhuma intempérie era suficiente para sufocar sarcasmos de Eurídice. Pela tremura, pelo bater de queixo, aquelas três palavras (transgressões do significado real da sigla original) haviam saído de uma castanhola. Frio cruel, venenoso, devastador, gume adequado para ceifar desvalidos — com ou sem pilhérias euridicianas. Noites perpétuas, lancinantes, alheias aos nossos esconjuros, chegavam para substanciar comitiva do barco de Caronte.

*Depois de alguns anos ao Relento tornava--se, para nós, doloroso extenuante viver dias em que sentimento de esperança era quase nenhum. Quase nula, igualmente, a possibilidade de que qualquer coisa pudesse correr parelhas com os bons propósitos do destino. Estávamos condenados à sucumbência, a nos render às evidências do obstinado descaso, do indeclinável abandono. Existia para nós, farândola toda, topografia própria: metrópole aparecia aos nossos olhos como cidade inteira de ruas-sem-saída. Vivíamos ao deus-dará. Não caminhávamos, rodopiávamos tempo todo em torno do próprio desencanto, da própria orfandade. Quase sempre andávamos dia todo às tontas, e mesmo nossas próprias sombras sofriam ataques súbitos de cãibras.

*Vivíamos emaranhados no cipoal da desesperança. Desentendimento reinava inexorável sobre farândolas de todos os naipes. Léxico do Relento era ininteligível. Nossa tribo, distinta, evitava desavenças, rezingas; vivíamos (dentro do possível) desenfaixados de sarandalhas mais velhas ou de maiores ou menores agrupamentos: viver sem teto, faminto, exposto à umidade noturna já era dramático demais, desnecessitando acessórios perturbadores. Caímos nesse costume por causa dos estratagemas sensuais de Eurídice: ela sabia tirar proveito dele, nosso procedimento masculino. Embasbacante diante do sexo oposto, decifradora de desejos alheios: um beijo rápido nos lábios, uma piscadela insinuante, um abraço mais apertado aparavam incontinenti possíveis arestas. Indecifrável a geometria sensual do olhar de Eurídice, e de suas pernas encantadoras. Triste vê-la nos seus últimos dois meses de vida, quando o raquitismo predominou. Mas durante muito tempo soube manter sua perspicaz soberania em todos os planos, principalmente o sensual. Eurídice sabia substanciar meu ciúme alimentando fantasias eróticas na farandolagem toda. Quantas vezes, depois de roubar calcinha numa loja, pedia que fizéssemos círculo humano para que ela, no centro, pudesse vestir sua nova lingerie. *Ah, Seleno, Seleno, corpo dela é muito, muito gostosamente obsoleto* — dizia Ismênio, extasiado, sem disfarçar seu olhar onanístico. Eurídice, sem muito esforço, por sua própria natureza, era tempestade ameaçadora. Eu? Sofria muito pensando ingênuo que ela poderia ser minha, apenas minha. Ela era de si própria, galopava sobre nossos desejos conduzindo-os para caminhos sinalizados por ela mesma.

*Nós, os abandonados, éramos filhos adotivos do eclipse, do lúgubre, do sombrio, do soturno — dias e noites eram igualmente enegrecidos nela, nossa interioridade.

*Era triste ver andar trôpego, capengante, de Eurídice, sua indisfarçável palidez, sua indisfarçável esqualidez. Meu poema estava ficando obsoleto, sim, obsoleto no sentido lato da palavra — infelizmente não estou lançando mão daquele obsoleto de validade múltipla dele, Ismênio. Se Eurídice não fosse tão orgulhosa, tão altiva, eu poderia, utópico, carregá-la nos braços feito noivo em noite de núpcias, mas, no meu caso, iria carregá-la até cinema mais próximo, procuraria projecionista, imploraria que realizasse último desejo dela, amada. Sim, projetar apenas para Eurídice, mais ninguém, ...*E o vento levou*. Sua mãe costumava dizer que na casa do patrão eles não ficavam mais de três meses sem rever ...*E o vento levou*. Mãe contava por alto a história, mas sonho dela, Eurídice, era assistir ao filme. Nunca assistiu. Era triste ver o andar trôpego dela caminhando na frente da farândola toda. Nas últimas semanas de sua vida gostava de arrastar os pés sem ninguém ao lado, motivo pelo qual mantínhamos certa distância, num cortejo quase fúnebre. Passos trôpegos, rastros fedentinosos. Sim, Eurídice morreu fedendo mais do que todos nós. Justamente ela, altiva, soberana. Não merecia desfecho tão fétido. Ainda bem que Ismênio morreu antes: tristeza dele possivelmente seria maior que a minha, tinha mais lirismo na alma. Sei que destino forjou desfecho trôpego, capenga, excessivamente malcheiroso para ela, Eurídice, minha inesquecível Eurídice, minha obsoleta Eurídice — agora, sim, obsoleto no sentido ismênico. Sei que ela conheceu as profundas trevas bem antes da morte. Dias antes de sua ida definitiva, disse-me, sussurrando: *Não fui nada. Nódoa, apenas nódoa.*

*Nossos dias? Amarrotados, ferruginosos, fedendo a mijo. Nosso quinteto? Sucatas humanas, sobras juvenis, resíduos de nós mesmos; dicção encharcada de ranhos e remelas; olhares esfolados pelos próprios suplicamentos; passos sempre dirigidos ao inequívoco — ao abismo inequívoco. Nossa vida? Atafulhada de desdéns alheios ininterruptos sem direito a réplicas. Havíamos sido demitidos por justa causa da paisagem oficial. Por onde passássemos deixávamos rastro de lesma agigantada. Tales estava errado: tudo é lodo — substância preponderante na qual afundávamos a cada dia. Fedentinas deles, nossos corpos, eram nossas insígnias naturais, estandartes com os quais provocávamos incontinenti sentimento de repugnância neles, nossos, se assim posso dizer, concidadãos. Eurídice, bêbada, disse-me certa vez, engrolando a língua: *Sabe por que viemos ao mundo? Para desconsertar.*

*Relento nos matava aos poucos em sacrifício àquela divindade cujo nome era Descaso. Eram indecifráveis suas transcendências aquosas-remelosas, suas serenatas-líquidas de profundo mau gosto. Relento. Apetrecho atmosférico que tecia malvadezas lançando mão de suas invisíveis alquimias. Nós, farândola-mirim, e ele, Relento, praticávamos convivência desmedida, exasperante promiscuidade cotidiana. Nenhuma parte da onomástica conseguiu até hoje decodificar o ranho, a remela.

*Enigmática. Dezessete, dezoito anos, se tanto, ascendência mestiça. Durante três dias transformou nosso quinteto de razoável moderação num sexteto sodomita. Eurídice percebeu meu súbito deslumbramento; eu também percebi o dela: ambos havíamos sido enfeitiçados pelo poder de sedução daquela deusa-juvenil de corpo achocolatado. Depois de tudo, depois do vendaval, concluímos que surgira em nossa escamurrengada vida figura diabólica — satã-ébano. Foram três longos dias, três longas noites de intrigas, relações sexuais também a três, drogas, delírios, experiências inauditas.

Mulher-enigma, aparição fogo-fátuo. Soubemos, tempos depois, que ela havia sido morta por traficantes rivais ao do grupo em que exercia considerável poder. Juntara-se sorrateira a nós numa tentativa de se livrar (por algum tempo) de policiais e quadrilheiros da outra facção. Ismênio, quando surpreendido com prolongado beijo na boca, dizia extasiado para nossa nova enigmática visitante: *Jambo... Minha deusa-jambo... Você tem os lábios mais obsoletos do mundo*. Sensual e tirânica; corpo de sereia — facilitava a metáfora dividindo-se em duas: metade anjo, metade demônio. Narcotizante; nascera para santificar o arbítrio. Chegou à socapa, saiu sorrateiramente, deixando-nos nítida sensação de que nosso quinteto sempre fora (apesar de todas as estripulias do desamparo) tedioso demais, bocejante demais. Sei que foram três dias, três noites sodomíticas. Dentro da mochila de nossa *deusa-jambo* havia muito dinheiro, pacotinhos de cocaína e pequena arma, que Eurídice viu de relance e achou que seria pistola automática. Sei que corpo nu de nossa deusa-ébano naquelas três inesquecíveis madrugadas estimulou a bacanal dos desvalidos: trocávamos mutuamente signos dos nossos desejos reprimidos.

*Semana anterior à sua morte, Eurídice me disse mordaz, irônica: *Sei que vou parar numa cova rasa, mas, por favor, querido, escreva sobre meu túmulo, nem que seja com o dedo, este seu dedo que tanto visitou minhas partes, sim, escreva: Ainda não foi desta vez, me aguardem.* Eurídice, minha amada Eurídice, morreu de madrugada. Percebi apenas de manhãzinha. Camburão do IML (*Imortalidade? Mentira. Lorotagem.*) chegou quase meio-dia. Não me deixaram acompanhá-la: *Indigente não tem parente.* Morreu impossibilitada de tudo — inclusive de epitáfio.

*Havia momentos em que nos sentíamos tão desamparados que mais parecíamos carpideiras uns dos outros. Seres escanzelados procurando inúteis revivescências. Momentos em que as forças se esvaíam in totum, impedindo que travássemos combate contra a adversidade, contra o infortúnio do abandono — ocasiões oportunas para nos causar a própria morte, à semelhança do que ocorrera com Ismênio. Relento era sangria a céu aberto. Tudo em nós era inumano, menos o ranho a remela a ferrugem. Alento às vezes chegava em conta-gotas, via humores, atitudes insólitas, como aquela em que o mesmo Ismênio, uma vez, apontando para os seus, digamos, países baixos, disse: *Já estou me sentindo mais disposto, veja, Eurídice, ele ficou assim pensando nos lábios deliciosamente obsoletos dela, nossa deusa-jambo.* Retribuição foi igualmente obscena: Eurídice, levantando sua blusa, mostrou os seios, dizendo que eles haviam ficado daquele jeito, flácidos, murchos, por causa da falta de incentivo *desta coisa mínima que você tem aí debaixo dele, seu short mijado fedorento.* Momentos também em que farândola toda ria para ofuscar o desamparo, substituir, provisoriamente, seus carpimentos. Havia ocasionais desavenças entre nós, mas também gestos magnânimos. Nunca deixei cair no esquecimento noite aquela em que Eurídice, frágil, muito doente, deitada em cobertor surrado debaixo do viaduto, foi de repente vítima de incidente diarreico. Ismênio, vendo sujidade toda escorrendo perna abaixo da amiga, tirou incontinenti do próprio corpo a camiseta, limpando, em seguida, cuidadosamente, todo aquele dejeto aquoso-fedentinoso que saía de dentro de Eurídice. Ele, Ismênio, foi-voltou duas, três vezes até torneira de terreno baldio, torcendo-retorcendo aquele pano embostelado. Não foi por acaso que ela, Eurídice, chorou durante os três dias posteriores ao inesperado suicídio do amigo. Havia, sim, certo lirismo entre um ranho e outro, entre uma remela e outra, atrás daquela ferrugem toda havia certo lirismo. Ismênio e Eurídice: duas almas líricas, desamparadamente líricas. Sei que adversidade às vezes vivificava recíprocos e inusitados mimos — solidariedade sagrada. Não raro os gestos eram miúdos: um limpava a remela do outro com dedo polegar ou barra ou manga da própria roupa. Relento incitava farândola toda a despojar-se do nojo. Pequenos afetos: nossa única medicação disponível para combater degradações de toda natureza.

*Uma vez, deixando transparecer na própria voz, no próprio gesto desejo irrefreável de possuir vida igual, sorte igual à das pessoas que passavam na avenida, Eurídice sugeriu: *Poderia acontecer agora entre eles e nós o mesmo que acontece no vôlei.* Farândola toda não entendeu nem mesmo quis entender o porquê daquela analogia. Hoje, relembrando, desconfio que ela se referia ao revezamento, àqueles momentos em que se fazem substituições alternadas de posições entre os jogadores depois de cada ponto obtido.

*Tanto tempo na rua não foi suficiente para que eu entendesse o desvalimento solitário — os desvalidos, os abandonados que viviam a sós de moto próprio, amargando consigo mesmos suas inquietudes, suas misérias. Desconfio que eram conhecedores autênticos da metafísica do ranho e da remela e do abandono e da solitude. Seres--arredios. Desconfio também que (com o passar do tempo) destrambelho facilitava o desemparelhamento voluntário. Seres que iam aos poucos sendo carcomidos por ferrugem, solidão, tresvario. Possivelmente não se matavam porque seus espíritos perturbados desconheciam qualquer possibilidade de eles mesmos acabarem com a própria vida: em suas geografias mentais, suicídio era cidade que não existia no mapa. Quando nos comparávamos a eles, chegávamos a nos sentir seres principescos: miséria também é hierárquica. Sei que eram pessoas de nomenclaturas próprias, ininteligíveis; almas sobre as quais nem mesmo nós, também farândolas, entendíamos coisa alguma. Certa vez, ao se aproximar de um daqueles eremitas ferruginosos, Eurídice ouviu esta pergunta: *Seu cabelo está feio, mas seu coração também está feio?* Não me lembro da resposta dela, sei que destrambelho é cheio de surpreendências líricas.

*Relento? Artífice de enfadonhos ranhos e remelas que ajudavam a aumentar nosso azedume contra a própria e amarga e desvalida existência. Silhueta do descaso. Sim, ele, Relento, e sua abstrusa dialética, seu inextinguível, fleumático olhar hipnótico consubstanciavam a inutilidade de nossas vidas, umedeciam ainda mais o desmantelo de nossos dias, perpetuavam nossos estremecimentos. Relento? Exultava, jubiloso, sabendo que nós, farândola toda, compúnhamos sua órbita.

*Nem mesmo a geometria poderia nos auxiliar, poderia nos dar as dimensões de todas as partes do abandono: para quem vivia na rua andando às tontas, a trouxe-mouxe, ele, o abandono, era por vezes esférico, por vezes retangular, até octogonal (dependendo da substância tóxica consumida pelo abandonado). Sei que, durante os momentos em que tínhamos clareza dos sentidos e das percepções, sabíamos que possibilidade de rumarmos no sentido oposto ao daquela nossa situação penuriosa era, no máximo, da proporção de uma simples pedra hexaédrica — sim, um paralelepípedo.

*Hoje, tantas décadas depois, desconfio que aquilo não era vida, era troça, zombaria, trote do

Diabo tempo todo disfarçando a voz, lançando mão de diversas antonomásias: ranho ou remela ou febre ou tremura — demônio alterando a voz, sob o rótulo dos mais variados adjetivos e substantivos. Desconfio que aquilo não era vida, era desarrazoado satânico. Curioso lembrar agora que, nas noites relampejantes, Ismênio sempre observava: *Nossa vida tem praticamente a mesma duração de um relâmpago, mas ele tem luz. Nós? Já nascemos apagados.* Sim, existência dele, Ismênio, a dele principalmente, foi um relâmpago. Ele não permitiu que Relento vergasse seus joelhos: precoce, antecipou o fim.

*Uma vez, farândola toda deitada debaixo de viaduto, de repente, vimos avião gigantesco lá no alto, furando nuvens. Observação dele, Ismênio: *Conseguem inventar coisa que chega pertinho do céu, mas não conseguem tirar a gente do inferno.*

*O Relento, tecedor de ranhos e remelas, se manifestava com mais rudeza nas noites frias, ventosas, invernais — Relento tecia ranho, tecia remela, tecia tosse, tecia infecções pulmonares. Eurídice morreu tossindo, cuspindo sangue. Posso dizer sem medo de cair nas malhas do pieguismo que ela, minha amada, se esvaiu em sangue. Mesmo décadas depois ainda não consigo decifrar as garatujas da remela e do ranho e do abandono. Noites invernais, poeirentas, noites dantescas, noites ceifadoras de amanhãs, noites de tremuras e queixumes roucos e espirros e lágrimas e tosses intermitentes e corpos febris. Morte, sádica, extasiava-se antes de jogar sua última pá de cal — mas nada era mais frio doloroso que a indiferença de todos, cidade inteira. Relento e descaso. Ambos igualmente exímios fabricantes de definhamentos. Numa dessas noites, Eurídice disse tremendo, mas irônica: *Dizem que Deus sabe tudo, mas uma coisa sei que ele não sabe: dividir edredons.* Ismênio? Alheio. Nesses momentos tenebrosos sempre engrolava suas Ave-Marias abstrusas. Desconfio que suas orações não levantavam voo: morriam ali mesmo debaixo daquele cobertor surrado feito todos nós, farândola toda. Desesperação. Vivíamos consignados ao desespero. Relento esfolava tudo — desconfio que criava esfoladuras em nossas almas também. Relento. Ferida que nunca cicatriza.

*Ismênio quase sempre dizia, quando o sono se avizinhava: *Vocês já sabem: dormir agora aqui para acordar lá num palácio qualquer para mordomo qualquer tocar sininho qualquer exigindo tudo de bom pra gente, nunca um café da manhã qualquer.* Ríamos risos careados — e utópicos. Desconfio que nossos risos, nossos choros, muitas vezes às escondidas, eram igualmente nossa cânfora, nosso bálsamo, sem ignorarmos que plangências da farandolagem eram mais, muito mais substanciosas, muito, muito mais verdadeiras. Sim, nossas noites nunca nos trouxeram manhãs suntuosas, mas gostávamos de ouvir a minifábula ismeniana: ainda existiam crianças por trás de toda aquela ferrugem. Era bom dormir e esquecer por alguns instantes que éramos, entre outras anomalias, cancro urbanístico, paisagístico. Fratura topográfica.

*Eurídice, contraditória, sagaz e sempre disposta ao ludibrio — estético, ludibrio estético: Ismênio havia roubado para ela sombrinha luxuosa, de seda, azul cobalto, cabo de madeira de lei — em desarmonia com toda a ferruginosidade da farândola. Mas, debaixo da sujidade, Eurídice tinha molejo natural, elegância congênita, corpo cuja esbelteza facilitava sua pantomima fashion. Sei que nos divertíamos vendo Eurídice desfilar no meio da multidão, alheia aos olhares chafalhões, zombeteiros dirigidos à nossa modelo caricata que se divertiu mês inteiro com luxuosa sombrinha até que, num gesto de fúria repentina, numa tarde ventaneira, jogou seu luxuoso pequeno guarda-sol lá de cima do viaduto mais alto da cidade, flutuando feito paraquedas desconjuntado. Lembro-me ainda do comentário malicioso, epigramático, de transeunte engravatado: *Para não se jogar, jogou.* Verdade é que ventania havia desmilinguido toda a armação daquele seu acessório-estético-luxuoso. Nesses momentos de Eurídice-Medeia, guardávamos distância, esperávamos sempre que ela mesma se aproximasse da farândola depois de aquietar os ânimos de moto próprio. Eu, mais do que ninguém, conhecia os dois extremos dele, seu olhar: aniquilador, nos embates diurnos; voluptuoso, nos entrelaçamentos noturnos. Sei que depois de tudo prometi que seria eu o próximo a deitar as mãos sobre nova-luxuosa sombrinha. Rejeição de Eurídice foi, digamos, acadêmica: *Deixa, meu fedorentinho, deixa, a história não se repete.*

*Uma vez, abrupto, Ismênio nos perguntou: *Não fui batizado; quando morrer vou pro Inferno?* Eurídice respondeu de pronto: *Querido, todo mundo vai pro Inferno.*

*Certamente existia na cidade toda, afixado em cada poste, algum dispositivo automático que fazia girar esmeril afiador de indiferenças — também apropriado para afiar olhares enviesados, olhares desdenhosos, olhares fulminantes, olhares ascóforos, repulsivos. Víamos faíscas ininterruptas chispando daquela pedra afiadora. Febres, fomes, móbiles de tais visões — possivelmente. Sei que, contradições à parte, havia lógica neles, nossos delírios. Relento e seus mistérios insondáveis, mas de hálito noturno indisfarçável, tresandando a desencanto, a desprezo, a suplício silencioso — exalava fedor crônico à semelhança deles, nossos corpos também oxidados. Sei que nada, nem mesmo todas as lágrimas juntas, da farandolagem toda, conseguiam diluir o desconsolo. Sei também que invisíveis esmeris afiadores de desprezos funcionavam laboriosos tempo todo. Sei igualmente que havíamos chegado ao mundo com muita antecedência: haverá um tempo em que a natureza abolirá Relento e seres humanos nascerão desprovidos de olhares esconsos, desprovidos de gestos vazios. Lembro-me de que dormíamos na ilusão de vivermos algumas horas de paz, mas nosso sono era trégua ilusória: pesadelos prevaleciam. Escassez de afagos afetava nosso juízo: aos poucos nos tornávamos zumbis zuruós, zoropitós. Curioso trazer agora à memória frase dela, Eurídice, sempre que via cortejo fúnebre: *Morte alivia. Esse teve mais sorte: foi primeiro que nós.* Existe poema de poeta espanhol, Pablo García, que termina assim: *Minha vida é um nojo sem você.* Pensando nela, Eurídice, diria pouquinho diferente: Minha vida foi um nojo, mas com você.

*Semana seguinte à morte de Ismênio, depois de manhã toda de insistentes peditórios, Eurídice comprou camiseta branca numa galeria e nela mandou estampar esta frase: SAUDADE OBSOLETA.

*Relento e suas indomáveis maldades exuberantes metamorfoseadas em excessivos ranhos, excessivas remelas. Sei que apenas nós ouvíamos seus uivos abafados pelo sereno. Relento aproveitador costumeiro de nossas vulnerabilidades. Indiscutível sua laboriosidade no engendramento incansável de ranhos e remelas. Desconfio que ele, Relento, tinha por nós, farândola toda, aquela simpatia malévola de que nos falou Espinosa. Sei que ele era abusivo, hostil, que seus danos eram imediatos. Relento? Sagração do desamparo. Provocava prostração que nos tornava ainda mais canhestros.

*Hoje, tantas décadas depois, procuro refúgio na sala de aula, e também nas reminiscências, nos apelos mnemônicos. Professor, sim, mas ainda não entendi a pedagogia do abandono. Minha vida agora se resume nisto: lecionar--conversar com meus alunos, vivíssimos, e com eles, meus fantasmas: Ismênio, Whitman, Eurídice, Herberto Helder, minha mãe, Swinburne... Farândola toda. Pai? Não conheci, nunca soube quem foi meu pai. Poderia ter sido também aquele da foto roubada por Eurídice num cemitério qualquer. Cada página em branco que surge neste caderno em que escrevo minhas memórias se transforma ato contínuo em luzeiro, em lâmina alumiante de recordações, arrastando minhas frases para pretéritos lamurientos, fuliginosos.

*Foi numa madrugada qualquer, quando Eurídice e eu estávamos deitados na calçada, debaixo de marquise de loja, que ela comentou: *Deve ser bom toda noite, na cama, quando o sono chega, falar pro amante: Oi, querido, apague a luz, por favor.*

*Ontem, morreu quem mudou minha vida, quem me acolheu — na época vivia só, viúva, cinquenta anos de idade. Apareceu dois meses depois da morte de Eurídice. Escolha aleatória. Aproximou-se da farândola quando estávamos debaixo de viaduto, fazendo pergunta de aparência insólita: *O que vocês estão fazendo aqui?* Minha resposta atrevida antecipou todas as outras titubeantes respostas: *Eu? Esperando você, há quase dez anos.* Minha reação surpreendente abriu caminho, foi meu *abre-te Sésamo!* para inédita, inusitada, acolhedora vida. No caminho de minha nova casa pensei que havia encontrado segunda mãe, mas já no primeiro e demorado banho percebi que se aqueles gestos, se aqueles esfregões de bucha, se aquelas mãos femininas ensaboadas esfregando insistentes meu ânus, meu pênis, meu corpo todo, se aquela cena excitante houvesse acontecido entre mãe e filho teria outra denominação: incesto. A partir daquele demoradíssimo banho de onanismo mútuo, ela, Díndima, foi durante quase quinze anos minha protetora, minha amante... minha segunda mãe, provocando-me, com o passar do tempo, sensação de que praticávamos relação quase incestuosa.

*Na rua, ao Relento? Debacle vertiginoso. Descaso? Fazia igualmente arder nossas entranhas — insuportável conluio entre ambos; Relento, descaso. Dueto funesto.

*Hoje, tantos anos depois, vida de razoável estabilidade, penso em como seria se Eurídice não tivesse tido morte prematura, se tivesse encontrado mesmo caminho que encontrei, se pudéssemos estar agora juntos, nus — e depois de gozos mútuos, entre um estalejar e outro de uvas no céu da boca, eu leria Hilda Hilst para ela. Dirás que sonho o dementado sonho de um poeta, se digo que me vi em outras vidas, entre claustros, pássaros, de marfim uns barcos? Dirás que sonho uma rainha persa, se digo que me vi dolente e inaudita entre amoras negras, nêsperas, sempre-vivas? Mas não, Alguém, gritava: acorda, acorda Vida. E se te digo que estavas a meu lado, e eloquente e amante e de palavras ávido, dirás que menti? Mas não. Alguém gritava: Palavras... apenas sons e areia. Acorda. Acorda Vida.

*Lua... Ismênio, nas noites insones, vez em quando cismava de especular sobre a lua. Dizia que era abajur gigante, maravilhosamente obsoleto; que nenhum ser humano vivo poderia chegar nem mesmo pertinho; que só depois de morto, mas que apenas *a gente que mora na rua vai poder ir pra lua depois de morrer.* Ismênio? Poeta nato, fabulístico também. Desconfio que ele nos dava aquele privilégio lunar lançando mão (sem saber) de corporativismo farândula. Ou, quem sabe, em sua concepção mereceríamos viver na lua depois de mortos porque, vivendo ao Relento, prestigiávamos aquele planeta mais que maioria das pessoas encafuadas noite toda em suas residências. Sei que filosofias lunares dele, Ismênio, eram nossas insólitas serenatas desprovidas de música, serenatas fabulosas, verbais. Imaginava que na entrada da lua existia porteiro para nos indicar que, na segunda porta à esquerda, havia chuveiros, dezenas de chuveiros quentinhos e muitos sabonetes e muitos xampus desenferrujantes e toalhas macias à disposição de todos; e que na lua haveria muitas árvores capazes de frutificar picolés de chocolate e pães de mel; que existiam três, ou quatro cachoeiras (nem ele mesmo tinha tanta certeza), mas seguramente duas existiam: uma de suco de laranja e outra de suco de uva. Eurídice, pragmática, havia observado numa dessas noites de filosofia lunar: *Ilusão, menino, ilusão, se a gente pudesse chegar lá, mesmo depois de mortos, todas essas coisas já teriam dono, tudo seria cobrado, tudo... Bem, tudo já estaria*

funcionando do mesmo jeito que funciona aqui.
Ismênio, daquela vez, fora irredutível: *Você deve ter razão, mas de uma coisa tenho certeza absoluta, obsoleta, na lua não tem Relento não tem remela não tem ranho... e não tem piolho.* Eurídice ainda fez, numa daquelas noites de questionamentos lunares, outra observação: *Se a lua fosse lugar de gente que já morreu, que chatice, não teria cemitério onde roubar pai dos outros, sim, vocês entenderam, roubar fotografias de pais dos outros.*

*Percebi agora que ranho é anagrama de honra, aquilo que nos permite desfrutar de bom conceito junto à sociedade, por exemplo. Mas no léxico do Relento, no verbete da Farândola, ranho é adjetivo mucoso-transgressor, formando dentro dele mesmo muitas outras palavras diferentes, quase todas aliterantes: desabrigo, descaso, desprezo, desdita. Honra? Palavra-polvo, tentacular... palavra-duelo... palavra-cizânia... palavra-desforra... palavra-sangue... palavra-fogo. Ranho? Apesar dos pesares, sonho fanhoso incluso, é aquosa, palavra-aquosa. Honra, ranho: ambos matam, conforme as circunstâncias.

*Sim: este caderno de memórias já está atafulhado de vocábulos-náufragos.

*Chave. Sempre que passava diante de quiosque, banca de chaveiro, Ismênio pedia ao dono chave usada, descartada — pedido estranho. Sempre afável, simpatia irresistível, cativava seus poucos-prováveis-generosos interlocutores. Motivo daquele hábito peculiar, insólito? Dizia, com outras palavras, que, carregando chave qualquer no bolso tinha sensação de posse, de que havia tomado para si algo que pudesse ser aberto a qualquer momento — gaveta, porta ou baú. Sei que não ficava mais de um mês com a mesma chave: superstição — certeza de que prazo máximo para surgir móvel ou imóvel cuja fechadura se adequasse, se ajustasse à aba dentada de sua chave seria de trinta dias. Tese místico-poética. Uma vez, Eurídice rapinou, deitou as mãos sobre a chave e, camuflando-a na calcinha, disse, sensual, para Ismênio: *Procure... Se você encontrar sua chave, posso, quem sabe, deixar você mesmo abrir a caixinha de joias que está bem pertinho dela.* Farandolagem toda havia se candidatado ato contínuo a realizar sensual-promissora empreitada. Eurídice, como sempre, estabeleceu ordem, critério, dizendo que apenas ele, Ismênio, poderia ser o faiscador de tão excitante garimpo. Mas ele, nosso poeta, o poeta das surpreendências, declinou: *Sei onde está minha chave, sei... Está pertinho do lugar de onde eu devia ter saído... Queria que você fosse minha mãe...* Abraço prolongado, mudo, de ambos, foi de indiscutível beleza chapliniana.

*Em nosso rosto se materializavam plangências recônditas do Relento, cujo ofício essencial era elaborar ranhos e remelas em profusão. Às vezes ficávamos assustados com seu olhar aquoso-vertiginoso sobre nós, farândola toda — angustiante sua inalterabilidade orvalhosa; angustiante imaginar gigantismo de suas invisíveis mandíbulas. Relento? Insistente umedecedor de vidas exíguas. Seus murmúrios frios, fatais, que tresandavam a enxofre, eram de enlouquecer.

*Foi difícil, impossível, acostumar com sexo asséptico entre minha protetora, quase amante, quase mãe, Díndima, e mim. Quando estávamos nus, em especial debaixo do edredom, não conseguia banir Eurídice do pensamento, minha amada-enfarruscada-encardida Eurídice. Ganhei vida nova, exuberante, ao lado dela, Díndima, apesar do sexo-anódino: havia remelas e ranhos fictícios entre nossos corpos. Eu? Praticava sexo-gratidão. Ela? Nunca ignorou inexpressividade dele, meu entusiasmo. Contentava-se com meu corpo jovem, nu, disponível, sempre a seu lado, ereção igualmente jovial, igualmente disponível. Desconfio que fui seu boneco inflável durante os anos em que vivemos juntos. Seja como for, Díndima alumiou meu percurso: quase Virgílio conduzindo-me, generosa, até este purgatório. Eurídice? Beatriz às avessas: nasceu e morreu no Inferno. Sei que ela, Díndima, desentranhou minha sujeira, deu-me outros saberes, proporcionou-me sua substanciosa biblioteca, seu rico acervo particular — adquirido em parceria com extinto marido. Díndima ensinou-me a pensar, ensinou-me a boa leitura. Com o tempo, porém, ela mesma foi criando furos naquele boneco que aos poucos desinflou. Se poeta prestidigitador qualquer as entrelaçasse em mágica poética, poucos, muito poucos teriam merecido tão esplêndido poema. Sei que agora, cá estou, só, garatujando páginas ainda vazias neste caderno já repleto de mortos.

*Hoje, tantas décadas depois, vejo em meu espelho retrovisor de vida que, mesmo desconhecendo aquele mal contagioso, nós nos sentíamos, farândola toda, como uma espécie de peste bubônica rediviva: ninguém, transeunte nenhum, olhava-nos nos olhos — nossos olhos possivelmente bubônicos.

*Uma vez, fitando extasiado um arco-íris, Ismênio comentou: *Tobogã dos anjos.*

*Não, ninguém nunca havia conseguido decodificar aquele jogral estuporado de ranhos e remelas e tosses e tremuras e rouquidões e resmungos e lágrimas e delírios, regido pelo Relento. Não, nem toldos nem marquises nem viadutos aquietavam fúria, voracidade do Relento nas noites invernais. Vez em quando, tantas décadas depois, ainda acordo de madrugada assustado com os silvos mortais do Relento, aquele Relento pretérito. Farândola versus Relento: peleja desigual em que só nos restava recolher tempo todo os próprios despojos, subservientes, impossibilitados de brandimentos de qualquer natureza. Não, ninguém nunca conseguira decodificar aquele jogral-rumor-da-morte. Contraditório? Sim, tudo envolve uma contradição, mas posso dizer que Relento jogou nossa infância pela janela.

*Ah, preciso descobrir elixir mnemônico, não posso esquecer nunca, jamais, todas as histórias deles meus mortos, meus muitos mortos: ainda há muitas páginas em branco neste meu caderno memorialístico que carrego comigo a tiracolo. Sim, é concentrando-me em recordações que possivelmente observo a pleno o próprio luto, o luto múltiplo, multifacetado. Preciso descobrir elixir mnemônico para extirpar carunchos que surgem amiúde nela, minha memória.

*O abandono nos fazia aperfeiçoar desencantos, solidificar desesperanças. Abolíamos aos poucos as lástimas: já não éramos aparentemente lastimosos uns com os outros, nem mesmo, autocomiserativos. Dissimulávamos resistências, dissimulávamos resignações. Mas era visível nossa gradual degeneração. Nossos corpos ostentavam ruínas. Era indisfarçável nossa putrefação juvenil, nossa condição espectral. Dizimavam-nos o desprezo coletivo, a comunidade aduladora de triunfadores. Nós? Farândola toda? Vivíamos dias coalhados de desmoronamentos personalizados. Ismênio, uma vez, me confidenciou que gostava dos dias ensolarados: debaixo do sol percebia que alguma coisa nele, Ismênio, não tinha ferrugem — sua sombra. Desconfio que nem sequer os físicos, que nem sequer a mecânica quântica dariam conta dos ranhos, das remelas, do descaso.

*Numa bela manhã... Não, nunca houve bela manhã para nós.

*Díndima desembruteceu-me, organizou meus passos, deu-me itinerário, aboliu, extinguiu do meu caminho cáries e ranhos e remelas e Relentos. Díndima tirou-me dos escombros de mim mesmo, reconstruiu-me, deu-me estatuto, condição de indivíduo na sociedade — mas não deixou que farândola desaparecesse no esquecimento: incentivou-me a lançar mão da prática memorialística. Vivia dizendo: *Escreva, Seleno, escreva, caberá a você a primazia de escrever o primeiro Poema-Ranho, o primeiro Poema-*

-*Remela da literatura*. Contraditório? Tudo é contraditório, mas desconfio que ainda mantenho, tantas décadas depois, sobre minha mesa de cabeceira, porta-retratos, vidro estilhaçado, com fotos deles, Eurídice e Ismênio. Impossível esquecê-los: sensação de que os psicografo todas as noites, antes de dormir. Sim, eles reavivam minha lembrança, eles, meus fantasmas aqui ao lado, em retrato sépia invisível, tantas décadas depois. Há noites em que presença deles é tão viva que cria, feito agora, ambiente malcheiroso, nauseante. Contraditório, tudo é contraditório, mas desconfio que meus fantasmas são fedegosos, remelentos, ranhosos — mistérios mnemônicos.

*Duas, três semanas antes de morrer, de acabar com a própria vida, Ismênio comentou com Eurídice: *Atalho, preciso encontrar o atalho mais obsoleto de todos os atalhos*. Lembro do gesto disfarçado de Eurídice rodando dedo indicador próximo à própria têmpora direita, insinuando, com sua mímica, que ele, Ismênio, estava cometendo desvario, ficando zuruó, zoropitó. Frase enigmática dele só foi decifrada depois de seu suicídio. Atalho. Encontrou *atalho obsoleto* debaixo de caminhão. Ismênio tinha feições indígenas — teria virado anjo curumim? Querubim?

*Mãe. Farandolagem infantojuvenil carecia mais de afago materno do que todas as outras farândolas. O acaso fora devastador demais, transformara muitas mães em mães-antígonas, enterradas vivas, por assim dizer. Órfãos de mães possivelmente ainda existentes: depois de algum tempo muitos já não sabiam nada sobre parentela nenhuma. Filhos dos quais os afagos maternos haviam sido amputados. Padecimentos mútuos, era o que pressentíamos por intuição. Cristos-mirins: *Mãe, por que me abandonaste?* — e vice-versa, conforme as conjunturas. Se na época conhecêssemos Swinburne, também perguntaríamos: *Que vai acontecer a todas estas nossas lágrimas?* Sei que, de um jeito ou de outro, mães e filhos, estávamos todos mortos — à semelhança do que aconteceu em Comala. Eu? Seleno-Lázaro: fui o único ressuscitado entre todos os outros daquele nosso quinteto de sucessivas alternâncias.

*Por vezes, ao Relento, acordávamos de madrugada com o barulho ensurdecedor daquele chocalho da morte, o vento.

*Ranhos, remelas? Escorriam da neurose obsessivo-compulsiva do Relento — já nos havíamos acostumado com seus afagos passionais, seus afetos tirânicos, se assim posso dizer. Sei que havia muita ilicitude naquela friagem toda. Relento e seus vapores aflitivos, arbitrários, hostis, exímios no fabrico de empalideceres desmesurados. Estávamos habituados a suas estocadas neblinosas, enfeitando de ranhos e remelas nossos desmoronamentos, nossos abismos, nossos abandonos. Nós?

Farândola toda? Reféns de suas aquosidades cabriolantes. Relento, Relento, borrifador de desalento.

*Nas primeiras semanas, já vivendo ao lado dela, Díndima, ainda me sentia deslocado nos ambientes. Atordoamento estranho: era como se ainda deixasse pelos caminhos rastros fedentinosos. Ainda trazia comigo ferida aberta, supurada — obra do Relento. Carreguei comigo durante muito tempo mau hábito, costume, mania de enxugar com a manga da camisa ranhos e remelas inexistentes. Foram meses de noites maldormidas. Numa delas, Díndima me acordou. Pesadelo. Comentou que, entre frases ininteligíveis, pôde perceber que eu, digamos, repreendia alguém, possivelmente Deus; que chamava Deus às falas. Não ficou muito claro para ela, mas ouviu com nitidez duas palavras: irresponsável e obsoleto; que eu dizia que ele, possivelmente Deus, havia sido irresponsável e obsoleto deixando Ismênio se jogar debaixo de caminhão. Sei que aos poucos, com o passar dos meses, ela, Díndima, foi abrandando minhas inquietudes, meus traumatismos provindos do desamparo, do desarrimo. O acaso e suas manobras, suas arrumações... Apenas eu havia encontrado meu fio de Ariadne. Todos os outros fios, de Eurídice, de Ismênio, da farandolagem quase toda, se arrebentaram, prematuros, num dos emaranhados do labirinto de cada um.

*O abandono? Exímio também no fabrico da lassidão.

*Uma vez, Ismênio chegou com despertador surrado-inclinado para a ruína, deteriorado pelo uso. Perguntei motivo pelo qual mantinha em seu poder relógio inútil, incapaz de alarme em hora predeterminada. Eurídice se antecipou, respondendo ela mesma, irônica, que ele, Ismênio, depois de abrir mão das chaves que nunca abriam porta nenhuma, iria, mantendo coerência, colecionar despertador que não despertava, para poder (quem sabe?) dormir até mais tarde.

*Afagos? Havia entre nós, vez em quando: afagos indigentes.

*Sono? Trégua fictícia: lufa-lufa da cidade já nos mostrava, logo cedo, que ainda estávamos vivos, que fôramos surpreendidos com outra manhã que substanciaria a inutilidade de nossas desfiguradas vidas. Independentemente da estação do ano, independentemente das condições atmosféricas, nossos dias eram todos eles sombrios, taciturnos. Horizonte? Circunscrito aos tetos dos viadutos, das marquises. O Relento nos plasmava aos poucos, tornando-nos autômatos ferruginosos — peregrinagens vãs, atarantadas, calvário-diário de horas inexpressivas. Quando não há horizonte, perde-se o sentido do tempo, todas as horas se juntam numa única hora: a hora-nenhuma. Tempo inútil feito aquele despertador sem ponteiro dele, Ismênio. Vez em quando provocávamos enxotamentos só para nos sentirmos tão vivos quanto os enxotadores. Viver? Só por idiotia vivíamos. Hoje, tantas décadas depois, penso na possibilidade mágica de a fechadura da porta desta casa em que moro poder adequar-se aos dentes de uma daquelas inócuas chaves de Ismênio. Ah, Ismênio... Ismênio... Rimbaud perguntaria: *Que é feito do Brâmane que me explicava os Provérbios?*

*Havia um abismo logo depois de cada esquina que dobrávamos. Sei que vivendo ao Relento nos acostumamos com os sussurros da morte.

*Farândola? Era lúdico limpar ranhos e remelas uns dos outros.

*Impossível passarmos despercebidos, às escondidas, pelas ruas — mesmo a furta-passo: corpos catingosos nos punham em acentuado relevo.

Jeito circunstancial de mostrarmos, sem rebuço, nossa, digamos, concretude. Eurídice, vez em quando, rebelde, zombeteira, fechava o nariz com os dedos polegar e indicador, atravessando quadras e quadras de avenida de atividade febril, encarando, insistente, com faúlha no olhar, seus odorantes transeuntes.

*Às vezes, antes de dormir, dávamos linha às nossas esperanças, mas dia seguinte, logo cedo, descobríamos que haviam passado cerol no sereno.

*Eurídice: *Se vou voltar outra vez, depois de morta, espero que minha nova vida não seja tão exótica.* Ismênio: *O que é exótica?* Eurídice: *Não sei... Parente próxima, prima talvez, dele, obsoleto.*

*Hoje, tantos anos depois, vida de razoável estabilidade, penso em como seria se Eurídice não tivesse tido morte prematura, se tivesse encontrado mesmo caminho que encontrei, se pudéssemos estar agora juntos, nus — e depois de gozos mútuos, entre um estalejar e outro de uvas no céu da boca, eu leria Swinburne para ela. Se o amor fosse o que é a rosa, e eu fosse feito uma folha, as nossas vidas cresceriam juntas no tempo sombrio ou no tempo de uma canção, nos campos ventosos ou nos cercados floridos, no prazer verde ou na dor sombria. Se o amor fosse o que é a rosa e eu fosse como uma folha. Se eu fosse o que são as palavras e o amor fosse como uma melodia com um duplo som e um único deleite, confundir-se-iam os nossos lábios com alegres beijos como são os pássaros que procuram a suave chuva do meio-dia. Se eu fosse o que são as palavras e o amor fosse como uma melodia.

*Viadutos e marquises eram nossos tugúrios. Estrídulo da multidão, nossa trilha sonora. Neons, nosso arco-íris noturno. Cidade toda? Nosso desfiladeiro metropolitano. Farândola? Seres-semimortos. Logo, vivíamos em permanente semiluto: um vendo o outro quase dentro do barco de Caronte. Eu? Sobrevivente de década coalhada de desmoronamentos. Ainda me pergunto: topógrafos do futuro conseguirão abolir ranhos e remelas de seus projetos? Hoje sei que todos nós (inclusive Eurídice) atribuíamos a nós mesmos astúcias — inexistentes: Relento e abandono eram mais poderosos que todas as peripécias pelas quais Ulisses passou. Fugir? Ir para o campo? Lá também seríamos acidentes geológicos. Artimanha? Uma noite, quando Ismênio saía da delegacia, depois de ter sido preso em flagrante num supermercado, Eurídice sugeriu ao nosso desajeitado flibusteiro: *Inábil de Jesus; você deveria se chamar Inábil Obsoleto de Jesus.* A cidade, sim, astuta, subtraiu nossa infância de maneira fraudulenta, pilhou-a por completo. Quando deixei de vez as ruas, e se tivesse tido a oportunidade de conhecer Whitman, inverteria seu verso: Nunca houve tanto fim como agora.

*Quando, nas noites de verão, sono relutava em chegar, atordoávamos os ouvidos uns dos outros, soltávamo-nos em palavras numa espécie de concílio dos desvalidos, atribuímos posições-

-profissões a cada um. Ismênio, hesitante, dava a si mesmo o ofício de astronauta; olhava pra lua dizendo, sempre: *Ninguém, nunca, vai conseguir apagar esse abajur gigante.* Eurídice queria ser cientista, para reinventar ser humano que se alimentasse da própria saliva. Perguntei se o sabor seria sempre o mesmo. *Claro que não: a cada dez lambidas no céu da boca poderia surgir sabor inesperado.* Ismênio, ato contínuo, desmoronou autossuficiência utópica de Eurídice: *Quando essa nova pessoa fosse morar na rua podia ficar lambendo dia todo o próprio céu da boca que o sabor...* Completei com pergunta também debochada: *Seria de troçulho de cachorro?* Sim, nossos risos naquelas noites também eram utópicos — troças, troçulhos, tresvarios. Tudo teria sentido se beneficiasse a sonolência, se descorporizasse a insônia. Hoje, tantas décadas depois, ainda me lembro nitidamente do riso de Ismênio, o riso acanhado de Ismênio: riso suicida.

*Íamos apodrecendo aos poucos, mas o lufa--lufa, as pelejas mercantis blindavam a cidade dos próprios possíveis ruboresceres. Vergonha, remorso, culpa? Substantivos que já haviam caído em desuso no Dicionário Metropolitano. Numa noite, discutimos possibilidade da existência de pombo-correio cujo olhar mágico seria capaz de descobrir endereço de todas as mães de todos os desvalidos da cidade. Qual seria o teor do texto que suposto mensageiro alado levaria? Eurídice havia sugerido várias frases que poderiam ser comuns a todos. Escolha final? *Fica preocupada não, mãe: vamos sair logo desta vida.* Ismênio achou que autora havia sido sutil demais no trecho em que dizia *sair desta vida*, e sugeriu: *sair da vida.* Meses depois justificou na prática a própria sugestão — foi quando pensamos, Eurídice e eu, que, em vez de pombo-correio, poderia existir outro ser alado, angelical, talvez, que tivesse capacidade de nos trazer Ismênio de volta, juntando de novo todos os seus pedaços esmagados pelos pneus daquele caminhão. Ismênio... Chamá-lo à memória era nossa litania diária.

*Madrugada fria, nossos corpos, juntos, estremecentes. Acordei espavorido com movimento brusco de Eurídice: também ela havia acordado depois de pesadelo em que ouvia gritos lancinantes dele, Ismênio: *Morre não, Eurídice, morre não: dor da morte é obsoleta demais*. Sonho premonitório: dois dias depois, Ismênio... Sim: *Que é feito do Brâmane que me explicava os Provérbios?* Relento sempre nos antecipou o luto. À semelhança daquele caminhão debaixo do qual Ismênio se jogou, abandono e Relento iam igualmente despedaçando, um a um, farândola toda: deuses dos desarranjos excediam-se nela, nossa transitoriedade. Sim, éramos filhos adotivos do efêmero, vivíamos sob a supremacia do flagelo. Já estávamos acostumados aos olhares chacinantes deles todos, moradores da cidade.

*Ainda ouço Eurídice propondo mudança na denominação dos munícipes: *Se eu tivesse algum poder ia propor mudança urgente nos documentos de toda a população. Sim, da cidade inteira. Acréscimo de palavra suplementar — Desdém — ao nome de cada um: José Rodrigues*

Desdém da Silveira, Maria das Dores Desdém de Albuquerque, Joaquim Peixoto Desdém Soares, e assim por diante.

*Complacência. Ismênio quis saber como se escrevia a palavra complacência. Segundo ele, sua mãe não se cansava de dizer que o mundo não tinha complacência com ela... Dúvida? Dois esses ou cê-cedilha. Ficamos com primeira opção — quase unanimidade. Ismênio, num gesto raro de violência, aproximou-se de estudante adolescente, exigindo que ela tirasse da mochila caderno e caneta — *empréstimo sem direito a devolução* — assinalou, tentando amenizar o assalto pedagógico. Daquele dia em diante, entregou-se à distração rabiscando numa lenteza semiletrada a palavra COMPLASSÊNCIA. Escrevia, quieto num canto, manhã quase toda. Algum castigo-escolar-imaginário, para aquiescer às ordens da mãe. Quando morreu, descobrimos caderno num vão da pilastra do viaduto; em dois meses havia preenchido quase metade dele, seu bloco pautado-surrado. Ainda guardo essa relíquia comigo, ali na estante, ordem alfabética privilegiando prenome. Caderno dele, poeta Ismênio, fica entre Ibsen e Italo Svevo.

*Sim, estas palavras, estas frases todas aqui neste caderno de memórias são ritos funerários.

*Ranhos, remelas? Espinhos do caule dessa flor--fúnebre cujo nome é Relento.

*Ismênio era nosso decifrador de sonhos. Tinha jeito próprio, original, para desentranhar, desatar o nó delas nossas fantasias, nossos devaneios, nossos pesadelos durante o sono. Eurídice havia comentado naquela manhã sobre seu sobressalto noturno, dizendo que de repente se viu completamente só no meio de uma avenida, mas, nas duas calçadas, muito largas, havia multidão de corpos, gigantes, cada qual com três, quatro metros de comprimento, espessura de uma baleia, uns sobre os outros, seminus, semimortos. Explicação: *Entendi... Entendi... Você, lá no fundo,* *sabe que os moradores da cidade são bem maiores e mais importantes que você. Mas você, com sua vaidade, com sua arrogância, tem num canto qualquer aí da sua cabecinha certeza de que eles, todos os moradores da cidade, são menos, muito menos inteligentes que você e que a mente deles é mais, bem mais apodrecida que a sua.* Eurídice, ali, naquele momento, beijou sensualmente pela primeira-única vez seu, digamos, filho adotivo — beijo demorado, longo, nos lábios sujos dele, nosso Freud-mirim às avessas.

*Se os criadores, os artífices da mitologia tivessem nos conhecido antes, a nós, os farândolas, não teriam afirmado que o ser humano nasceu das lágrimas dos deuses, mas sim de seus ranhos e remelas. Desconfio que teriam dito também que somos os reais abutres prometeicos. Sim, abutres da Cidade-Prometeu. Conjecturas mitológicas. Certeza? Éramos deformidade topográfica.

*Há décadas tenho nítida sensação de que eles, Eurípides e Ismênio, balbuciam tempo todo, um com o outro, dentro da gaveta do criado-mudo, este aqui, do lado direito da cabeceira.

*Lágrimas, sim. Já ranhos e remelas nunca chegavam sorrateiros. Relento tampouco chegava oblíquo: chegava abrupto, abrindo de vez as comportas da desventura. Desconsolo era ininterrupto: dias já amanheciam igualmente mirrados para farândola toda. Nossas próprias sombras estavam gangrenadas — nossos passos também. Sim, os apodrecimentos eram inevitáveis. Definhávamos apinhados uns sobre os outros. Na mesma noite em que Ismênio morreu, Eurídice, deitada comigo debaixo do viaduto, disse-me, chorando: *Tivesse poder mágico apagaria agora, num estalejar de dedos, todos os neons da cidade.*

*Ranhos, remelas? Chegavam quando Relento perdia de vez o recato.

*Ismênio havia roubado ioiô luminoso, companheiro inseparável de suas noites insones.

Ficava andando, peripatético, debaixo do viaduto, falando engrolando palavras com aquele brinquedo resplandecente, que se movimentava para a frente e para trás e para cima e para baixo — seu arco-íris lúdico, pessoal, miniaturizado. Algumas vezes nos encantávamos com aquele malabarismo todo; noutras, ele incomodava nosso sono. Ioiô era seu rosário fulguroso: a cada movimento, possivelmente soliloquiava — talvez pedisse que tal luzeiro infantil iluminasse seus novos-futuros caminhos rumo a uma vida menos desvalida. Hipóteses. Sei que olhando Ismênio a alguns metros de distância, noite silenciosa, lua tímida, cena revelava inegável ternura chapliniana. Mas, certa vez, Eurídice, bruega, indisfarçável embriaguez, sono dificultoso, reticente, perdeu as estribeiras: *Ei, moleque, enfia essa coisa redonda e clara aí naquele seu redondo escuro.* Eurídice, minha Eurídice... Fascinante, sua ciclotimia.

*Eurídice vez em quando chegava com folheto bonito, cheio de fotos coloridas de futuro empreendimento imobiliário: deitava a mão, rapinhava num stand de vendas qualquer. Motivo? Chacota — peça publicitária tinha endereço certo: era para ele, Ismênio, depois de o prédio estar pronto, se antecipar, chegando primeiro que os novos-verdadeiros-proprietários, para enfim testar sua chave, a chave do mês, em todos os apartamentos do edifício. Para substanciar sua sátira propagandística, Eurídice ainda lançava mão de seu instinto jocoso-fantasioso, observando: *Anote, aí, na sua agenda, meu promissor--futuro-proprietário: PRONTO EM SEIS MESES.*

*Se existisse vida anterior, Ismênio possivelmente teria sido alguém de ascendência nobre: havia em sua alma esteticismo próprio, beleza sem igual, generosidade congênita. Quando saía para praticar peditório, digamos, solipsista, sempre que possível trazia algo para nós. Talvez tenha se matado tão jovem para voltar atrás, reentrar na posse de alguma bem-aventurada existência pretérita. Sei que aconchego amigável de Ismênio desinfeccionava o abandono, deixando-o menos anêmico. Arrefecia ocasionalmente o sem-

-sentido deles, nossos dias. Havia muita ternura debaixo de toda aquela ferrugem mirim. Uma vez, chegou de noitinha debaixo do viaduto, cartela de comprimidos na mão, dizendo: *Roubei, é novalgina, vou esconder aqui no vão da pilastra para nossas futuras febres.*

*Uma vez, Eurídice olhou para todos nós, farândola toda, dizendo: *Gosto de vocês, meus amigos, apesar de não acreditar nela, nossa amizade.* Em seguida, piscou para Ismênio, excluindo-o daquela mordacidade.

*Nas contendas entre ranho e remela, era sempre um terceiro que conquistava a supremacia: ele, o Relento, aquele que desarranjava nossa infância, roía nossa meninice, nos envelhecia prematuramente. Nunca entendi a liturgia do abandono. Vivíamos enrodilhados no desconsolo, encerrados na frieza do olhar da cidade, em sua rubrica implacável cujo nome era Descaso, que confinava farândola toda no cercado do

Desdém. Não conseguíamos decodificar dialética financeira da metrópole: Non Ducor Lucro. No combate-diário-mercantil entre eles, éramos nós que padecíamos.

*Este ano, em minha sala de aula, senta-se na primeira fila uma Eurídice rediviva: desenferrujada, desoxidada, cheirando a jasmim. Quinze, dezesseis anos, se tanto — andrômina, perspicaz, tem o mesmo olhar ardiloso de sua, digamos, predecessora. Ela, aluna, astuta, percebe que faço mostras de desinteresse, simulo impassibilidade diante de seu sensualismo. Sempre que a vejo tenho agradável sensação de que Eurídice se tornou primorosa, reencarnou com mais apuro, próspera, arrancada do lodo e da miséria. Às vezes, feito agora, insone, imagino minha revivescente Eurídice deitada comigo, nua, debaixo desta cobertura acolchoada de pluma, semelhante àquela que a original Eurídice tanto reclamava de Deus, quando dizia que ele não sabia dividir edredons.

*Hoje, décadas depois, penso na possibilidade de uma daquelas chaves dele, Ismênio, ter tido serventia para trancar portas, janelas do Relento.

*Agora, aqui, diante deste caderno de memórias, debruço-me sobre o passado, peço ajuda às palavras para, juntos, voltarmos aos tempos das remelas, dos ranhos; aos tempos do desamparo, do desconsolo. Palavras e eu, juntos, tentando exercitar mnemônica. Muitas vezes, feito hoje, elas recusam reminiscências, rechaçam obituários, refutam nostalgias — palavras-recolhimento que me impedem de psicografar o Relento. Arredias, desarrumam saudade, neblinam pretérito, atravancam retrospectiva. Eurídice e Ismênio devem estar fartos do meu procedimento rufianesco, desta minha desfaçatez memorialística: continuam sendo manipulados mesmo depois de mortos, por narrador que semeia lirismo em suas vidas reais apenas para enobrecer o próprio texto. Tivesse tido mesma chance que este memorialista, Ismênio, o poeta Ismênio diria que acepilho, aplaino os fatos em favor da concisão, do apuro linguístico; que este narrador estaria lançando mão da blasfêmia, do envilecimento, aliterando ranhos, remelas; que em nossas madrugadas frias, chuvosas, nunca houve espaço para repetição de fonemas idênticos que conferissem efeitos estilísticos a prosa alguma. Eurídice? Ferina, possivelmente diria que cito esses poetas todos para dar sabor erudito ao texto; e que eles (diria ela) falam de mulheres, mas nunca viram uma de perto, bem de pertinho. As palavras, que ainda recusam reminiscências, concordariam com eles. Eu? Ainda trago comigo, décadas depois, astúcias colhidas naqueles tempos: não vou refazer tudo em benefício da crueza, a verdadeira crueza dos fatos. Seja como for, quanto mais o tempo passa, mais o passado vai se atafulhando de estereotipias. Coerente seria, quem sabe, imitar filósofo grego que, depois de narrar, minucioso, tudo o que acontecera no tribunal, aquele que condenou Sócrates, surpreendeu os leitores afirmando que ele mesmo não estava lá.

Este livro foi composto na tipologia Minion **Pro**
Regular, em corpo 13/18, e impresso em
papel off-white no Sistema Cameron da
Divisão Gráfica da Distribuidora Record.